AF601090

CONTAR UN SECRETO

Contar un secreto

Diana Vesta

Contar un secreto

Primera edición: Noviembre de 2021

diana.vesta.escritora@gmail.com

ISBN: 979·87·59685·05·0
Diseño y maquetación: Adriana Angulo

A todas las personas que, en algún momento, han formado parte de mi vida, porque gracias a ellas soy quien soy.

ÍNDICE

CAPÍTULO 1

—Lamentablemente, no tengo buenas noticias. Hemos detectado un proceso de metástasis avanzado en el otro pulmón.

Es decir: "Tienes cáncer, terminal". Es decir, tú. Es decir, yo.

La perorata es mucho más extensa, desde luego, y adornada de un atrezzo austero pero eficaz, es decir, eficiente.

Una consulta cualquiera de un médico, en colores pálidos y fríos y con paredes desnudas. Una camilla a la derecha. El papel extendido sobre ella esperando formal al siguiente paciente. Algunos aparatos a su lado, circunspectos, dispuestos a realizar su cometido. Un peso, un medidor de tensión, un otoscopio… Aderezos varios: yodo, agua oxigenada, alcohol...

Un doctor de rostro afable con gafas, por supuesto, que te recibe tras una mesa blanca. Sentado y envuelto en una bata igualmente blanca y tan formal como el papel sobre la camilla: abotonada, limpia, ni una arruga. El estetoscopio al cuello, cayendo a cada lado perfectamente equidistante. Un calendario sobre la mesa para indicar la semana en que deberá tener lugar la siguiente cita y puede que para calcular la fecha estimada de tu muerte.

—Unos meses.

—¿Cuántos?

—Es difícil decirlo…depende de la evolución de la enfermedad. Cada caso es distinto.

—¿Cuántos?

—Quizá cuatro. Máximo seis.

Es decir, tres meses. Eso me sitúa en mayo, calculo para mí.

Quizá el guion no es tan eficiente como el atrezzo, pero simplemente no lo recuerdo. Solo "Tienes cáncer, terminal" y luego "tres meses".

Luces potentes para que nada pase inadvertido, fluorescentes para más señas. Solo las palabras son capaces de escaparse a ese escrutinio feroz. Y se esconden traviesas en la nebulosa de miedo que me atrapa.

Mi mente vuela lejos. Miro al doctor, pero no estoy con él.

Creo que le hago alguna pregunta absurda, pero no recuerdo ni la pregunta ni la respuesta.

No, no recuerdo más palabras, pero soy capaz de enumerar al detalle todos y cada uno de sus movimientos y la profundidad de su mirada. Sí, me mira condescendiente. También el tono de su voz lo es. Incluso toma mi mano y la siento firme y segura, y entonces la aprieto con la mía para que no se suelte, pero noto que se escurre mientras yo caigo, a cámara lenta, a un precipicio oscuro e inexpugnable.

Aunque no le escuche, le sigo observando, y me entretengo en pensar miles de cosas en tan solo segundos. Como si me estuviera muriendo ya, en este mismo instante, y toda mi vida pasara ante mis ojos incluyendo no solo mis actos, sino también mis pensamientos. Y resulta que ahora caigo en la cuenta de que siempre he dudado de todo y de que lo sigo haciendo y creo que, al final, no sé nada ni de la vida ni de mí.

Me asaltan dilemas extraños como, por ejemplo, si este oncólogo bonachón se interesa personalmente por mí o si, por el contrario, soy solo una parte más del teatrillo cuya función repite a diario apenas cambiando algún nombre, alguna nota escrita a mano, o algunas líneas de los informes.

¿Le hablará a su mujer de mí? ¿Se despertará por la noche angustiado por no poder salvarme? ¿O, simplemente, cuando acabe su turno se bajará el telón y saldrá triunfante caminando por un paseíllo flanqueado de fans? Tendrá un séquito de ayudantes que se ocupa de recoger sus cosas y le proporciona toallas, se asegura de que esté bien hidratado alargándole bebidas isotónicas, controla su dieta, le elige la ropa (acorde a su personalidad e imagen, por supuesto). Y a la salida del edificio, le esperará un chófer en un flamante coche y le llevará, junto a su familia o, quizá, a jugar un partido de pádel.

Deshojo una margarita lánguida: me quiere, o no me quiere.

Antes de arrancar los últimos pétalos y disipar mis dudas, el doctor cambia su postura y el tono de su voz. Vuelvo a la Tierra un momento antes de que me alargue unos papeles y retengo sus indicaciones:

> —Aquí tienes las recetas. Si sientes dolor quizá necesites aumentar la dosis, puedes consultármelo por teléfono siempre que te haga falta, te lo anoto aquí. Que te pongan una cita para dentro de dos semanas. Si necesitas algo antes o no puedes venir, llámame. Y este es el volante para la asistencia domiciliaria. Me has dicho que no tienes ningún familiar que pueda ocuparse de ti, ¿no es así?
>
> —Así es.
>
> —Bien, como te decía, con este volante puedes solicitar la asistencia domiciliaria en el mostrador de la derecha según salgas. Ahí mismo te darán también la próxima cita, recuerda, en dos semanas. Insisto, llámame si necesitas algo.
>
> —Gracias, doctor.

Entre incrédulo y devastado, intento incorporarme sin mucho éxito hasta que un equilibrio piadoso acude en mi rescate y me agarra por la espalda.

El equilibrio no sólo me levanta, sino que me mantiene erguido y digno, me saca de la consulta y me dirige al mostrador de la derecha que me ha indicado el doctor. Me acompaña los veinte pasos que distan hasta él y me mantiene estirado el tiempo que debo esperar. Creo que tengo dos personas delante de mí. Dos grupitos en realidad. Los enfermos están acompañados por familiares o buenos amigos, yo únicamente por el equilibrio piadoso y protector. También me asiste para ordenar mis papeles: me ayuda a meter las recetas en el bolsillo y a separar el volante y mantenerlo firme entre mis dedos junto a la tarjeta sanitaria. Incluso me defiende de unas lágrimas desobedientes que intentan salir a toda costa, pero él, las mantiene a raya.

> —¡Quietas ahí! Ya podréis salir cuando lleguemos a casa— les dice. También es una suerte de equilibrio emocional.

Sin embargo, desatiende el orden en mi cabeza y mis reflexiones siguen desbocadas de un lado a otro, analizando todo, pensando en todo, dudando de todo. Me gustaría descansar unos minutos, ¿cómo debería pedírselo?

Intento adivinar, por ejemplo, quién es el enfermo en los grupos. Estoy casi seguro de que es fácil. En el mostrador las enfermeras atienden a dos mujeres, son madre e hija con toda seguridad. Se parecen y la diferencia de edad es en torno a veinticinco años. Una de unos cuarenta y cinco y la otra de unos setenta. La hija es algo más alta, no mucho, y espigada. Ella es la enferma. Su delgadez y el aire falsamente despreocupado la delatan. Su madre, sin embargo, la mira todo el tiempo, no pierde ripio. Atenta a cada momento, a cada palabra, a cada gesto, le intenta procurar la asistencia máxima. Le ayuda con los papeles, se asegura de que lleva el bolso bien cerrado y, cuando van a salir, se cerciora de que el abrigo está correctamente abrochado y la bufanda le cubre totalmente el cuello. "Ponte los guantes"—la oigo decir.

Justo delante de mí, en el otro grupo, el enfermo es un señor mayor, de unos ochenta años y sus acompañantes son su hija y su nieta. Es difícil encontrar un parecido entre un hombre tan mayor y una joven de unos veinte años, pero esa relación abuelo-nieta es inconfundible. Ella, aunque le saca una cabeza, le abraza fuerte, le colma de besos y atenciones, le coloca bien la gorra, le agarra de la mano, le quita una pelusa de la camisa y le sonríe con un cariño infinito. Se ausenta un momento con la excusa de ir al baño, aunque yo creo que ha ido a llorar, porque vuelve sonriente, pero con ojos vidriosos. La hija permanece atenta, aunque un poco más distante, como pensativa, como centrada en el fajo de recetas y volantes que tiene en la mano, manteniendo un orden mental correcto de cada paso que tiene que dar. El hombre, entretanto, se deja querer por su nieta, no habla mucho y se apoya en un bastón de madera con un mango alargado. Su rostro está ajado y cansado. En un momento dado, decide sentarse en la sala de espera junto a su nieta y el bastón, que descansa inclinado sobre una de las sillas, mientras la hija continúa en la cola.

Las enfermeras o auxiliares del mostrador, atienden con mimo a los pacientes. La Sanidad no es lo que era, por mucho que algunos se quejen. El trato humano está a galaxias de lo que era hace cuarenta años. Lo recuerdo bien. En aquella época los enfermos parecían no tener derecho ni a sufrir, ni siquiera los niños y tampoco los moribundos. Médicos vanidosos y petulantes, enfermeras cortantes cuya delicadeza se había quedado, con suerte, en la puerta de su casa. O viajaba, como muy lejos, al colegio de sus hijos o a la oficina de su marido, en forma de beso de despedida en las mejillas. Ellas ahora se toman su tiempo, responden sosegadamente y sin perder la calma a cuantas preguntas les hagan, rezuman sensibilidad, se traen su delicadeza al trabajo y la cuidan tanto como a los enfermos; y yo aprovecho para seguir divagando dentro y fuera de mí. Pasan varios minutos, no demasiados, quizá diez, y por fin me toca.

Entrego los papeles y la tarjeta a una de las señoritas. Es morena y guapa, seguramente más joven de lo que aparenta a causa del uniforme y el peinado, y lleva pintados los labios y las uñas en un rosa suave. Tiene un pequeño angioma junto a la oreja derecha, sobre la articulación de la mandíbula, pero es tan pequeño que es incapaz de restarle un ápice de atractivo. Cuando ve el volante para la asistencia domiciliaria me mira con algo parecido a la compasión. Por si acaso, se asegura:

—¿Es para usted?
—Sí—respondo sin encontrar motivos para añadir nada más.

Ella traga saliva, coge aire inflando el pecho de manera tan desproporcionada que su cabeza parece hundirse en su tronco, y entonces me dirige su mirada desde el papel, lentamente. Primero sus pestañas, después los párpados y por fin unos ojos negros temerosos. De nuevo me pregunto si realmente le impresiona ver a un moribundo de pie, con un equilibrio obediente sosteniéndole firme por la espalda, o si sencillamente le ha tocado hacer de enfermera mojigata en la obra de teatro más grande del mundo. De ser así, lo borda.

—De acuerdo. Déjeme el volante, lo gestionaremos en un par de días. Se pondrán en contacto con usted, señor Arana. En cuanto a la cita, ¿cuándo le ha dicho el doctor que debía pedirla? —se dirige a mí con una candidez tierna.

—En quince días.

—De acuerdo, veamos—teclea algo en su ordenador, centra su vista en la pantalla y, entornando los ojos, busca un hueco para mí— ¿Le viene bien el jueves 16 a las doce y media?

—Sí

—Perfecto, pues grabo la cita, un segundito por favor…—se oye la impresora funcionando tras ella. Se gira, la recoge, vuelve a girarse y me la entrega con una sonrisa melosa— Aquí tiene.

Le doy las gracias, miro a mi alrededor por un segundo, ubicándome de nuevo en el mundo, tomo aire profundamente y el equilibrio me impulsa en un movimiento coordinado y fino hacia la salida.

Me conduce a través de un mar de asfalto, mareas humanas y oleadas de vehículos. Yo me dejo hacer. Alguien me pide fuego y no respondo, ni le miro. Creo que un conocido me saluda y hago lo propio sin expresión alguna, como un autómata dirigido por un nuevo software que permite distinguir únicamente el color de los semáforos y el número de autobús correcto. También me lleva a la farmacia que hay junto a mi portal. Extiendo las recetas sobre el mostrador. Quizá las farmacéuticas me saluden, no lo sé, solo recojo las medicinas, pago y me voy.

Cuando llego a casa le pido al equilibrio que me suelte y él se hace el remolón. Insiste en llevarme, al menos, a mi habitación. Claudico porque me parece una idea muy sensata. Me obliga antes, además, a descalzarme y a quitarme la chaqueta y la bufanda y, por si acaso, me ayuda a sentarme en el borde de la cama —no vaya a ser que caigas a plomo y te golpees con alguna esquina de algún mueble en la cabeza— me dice juiciosamente. Me acerca el botellín de agua que tengo sobre la mesita y engullo unas pastillas, las que él me da, confío en su criterio.

En cuanto me suelta, me dejo caer hacia atrás, sobre la cama y ya, sin su guarda, todo mi ser es un revoltijo. Son miembros inestables y pensamientos alterados y primero me hago un ovillo y después estiro una pierna. Luego la otra y pataleo, incluso grito hasta que me quedo ronco y le oigo decir "lágrimas, podéis salir cuando queráis. Es más, hacedlo ya". Y un goteo salado va deshaciendo el nudo de mi garganta.

CAPÍTULO 2

No sé cuántas horas llevo durmiendo. Seguramente un día, puede que dos, incluso tres. Solo sé que he permanecido en un estado de duermevela, de semiinconsciencia. Me siento raro. Como si viviera una pesadilla. Tampoco sé cuántas veces me he despertado sobresaltado, soñando la realidad y, al mismo tiempo, con la idea de que lo que soñaba no era cierto. Pero cada vez, al incorporarme levemente en la penumbra, la montaña de medicinas sobre la mesita me ha soltado un bofetón sonoro en la cara, tan certero, y tan fuerte, que ha hecho que mis lágrimas salten de nuevo y me ha expulsado violentamente contra el colchón. Cada vez, he caído trabajosamente en un sueño leve y el círculo ha vuelto a comenzar, o a terminar, según se mire. Me ha sonado el móvil varias veces, también han llamado al portero automático e incluso he oído aporrear la puerta. El móvil emite una luz azul intermitente. Está en mi mesita. A tientas, lo alcanzo torpemente. Me sorprende no sentir la necesidad de ubicarme en el tiempo y en el espacio. ¿Qué importancia tienen ya? Son unas absurdas coordenadas que ya no me limitan. Ya no es necesidad, desde luego, pero el teléfono, entre burlón y obstinado, se empeña en contármelo, aunque yo no quiera. Son las 20.53h del sábado 4 de febrero. Tengo quince llamadas perdidas. La mayoría son de Ignacio, uno de los pocos amigos que me quedan y que, además, es compañero de trabajo. Hay varias de mi jefe y tres de un número desconocido. Me imagino el revuelo en la oficina. Estamos a 4 de febrero. Eso significa que ayer, como muy tarde, debería haber entregado los informes de enero. Otro tema que me da igual. Todas las cosas que habían sido perniciosamente importantes para mí, de golpe y porrazo se han vuelto auténticas chorradas: el tiempo, el trabajo, el dinero… Ni siquiera he ido a cogerme la baja. Ni siquiera creo que lo vaya a hacer. Qué más da. Ya solo importa el dolor, o más bien, su ausencia. Tengo el remedio al alcance de mi mano, la estiro y lo alcanzo. Engullo otra dosis y dejo que el sueño me acaricie el pelo.

CAPÍTULO 3

Las medicinas han obrado una especie de milagro basado solo en la ciencia. El dolor ha desaparecido. He dormido como un niño y mi mente está lúcida y más despreocupada. Me tomo las pastillas de la mañana, encantado. Quiero prolongar esta sensación. Podría llamarla optimismo. No puedo llamarla felicidad. Tengo demasiadas cargas que me abruman. En algún momento y en algún lugar tendré que soltarlas. No quiero llevarlas conmigo a la eternidad. Tan solo imaginar acarrearlas por siempre es algo tan luctuoso que siento escalofríos. Quiero sentirme liviano, quiero poder respirar el aire del cielo y caminar entre las nubes, volando. Con estas cargas colgando de mis tobillos, como grilletes de hierro arrastrando unas bolas metálicas, solo puedo hundirme en un océano de lodo, y tragar el fango mientras lucho por respirar, en una suerte de espiral infinita, mientras una voz me susurra que fui, soy y seré, culpable.

Me asomo por la ventana de un día claro, azul intenso. Hay tanto silencio, que incluso escucho el rumor de las olas, al fondo.

Una mujer de unos cuarenta años toma el desayuno en la terraza de uno de los bajos de mi edificio: zumo, un croissant y un café. Está envuelta en una mantita de cuadros y lee la prensa. Sobre la mesa tiene un bloc de notas. A ratos deja el periódico y coge el bloc donde anota algo a lápiz, pocas palabras cada vez. Da un sorbo al café o al zumo, o corta un trocito de croissant y coge el lápiz de nuevo. Mordisquea la goma del extremo. Mira al cielo. Ladea la cabeza. Se suelta la coleta y la brisa ondea suavemente su melena negra y abundante. Anota algo más. Después vuelve a leer, concentrada.

Me comparo con ella. Ella es esclava de un horario, yo totalmente libre. Ella tiene sueños que cumplir, objetivos que alcanzar. Tiene que pagar facturas, salir a cenar de vez en cuando con sus amigas, tiene que ir en Navidad a casa de sus padres y aguantar al cuñado pesado. Tiene que hacer la compra al menos una vez por semana. Tiene que preparar comidas y cenas casi a contrarreloj. De vez en cuando tiene que pedir cita en la peluquería. Quizá tiene que entregar unos informes a su jefe los días treinta de cada mes. Seguro que tiene que preparar las vacaciones familiares con antelación. Y que sean dignas de colgar en redes sociales. Quizá ya haya gestionado su testamento en alguna notaría por si le pasa algo. Puede que tenga hijos y haya contratado un seguro de vida, para que, a ellos, aunque les falte la madre, no les falte de nada. Tiene que pasar la ITV del coche y reunirse con los vecinos para aprobar una derrama. Todos esos elementos del mundo adulto que un día te atrapan sin clemencia.

Estos minutos de desayuno en un domingo soleado son un tesoro para ella. Es ella con ella, con su yo preso en un receso recreativo en la fortaleza impenetrable de las obligaciones.

Yo soy escandalosamente libre de todo eso. La enfermedad y la soledad me han liberado de innumerables ataduras. No rindo cuentas a nadie. Casi ni a mí mismo. Aún con todo, siento cierta envidia de una sola cosa: su diálogo consigo misma mientras desayuna. ¿Quizá de esa manera podría liberar mi lastre? ¿Sería eso suficiente?

Me visto y salgo de casa. Bien abrigado. Me olvido el móvil adrede. También soy libre de eso.

Hay un par de garitos en la playa y elijo el que tiene las sillas bonitas de mimbre y acero inoxidable. Me siento mirando al mar y un joven camarero viene a atenderme rápidamente:

—Un café, un croissant y un zumo de naranja— le pido.

Cojo la prensa del bar y saco mi bloc de notas y un boli.

Al principio mis pensamientos son vagos. Doy pasos pequeños a través de mi vida. De algún modo, aún me siento como el niño que pasaba los veranos en el pueblo de su madre, chapoteando en el río los días de calor. ¡Cómo disfrutaba en aquel tiempo! Absorbía cada placer como un soplo de vida en sí mismo. Todo era auténtico, genuino. Vida con mayúsculas. Inventar aventuras con los demás. Adentrarse en el bosque, que era la selva, a lomos de una BH convertida en un purasangre veloz y confiable. Construir casetas de madera con troncos dispersos y cuerdas deshilachadas. Llegar tarde a comer, recibir un tirón de orejas por alguna travesura. Dormir de un tirón en las noches frías bajo un cielo limpio y estrellado. Hacer juramentos eternos y pactos de sangre. Coger *zapaburus*[1] y cazar mariposas. Saltar de piedra en piedra y esconderse en refugios improvisados durante las tormentas. Mascar chicle y comer helados. La mercromina en las heridas de guerra y soplarlas fuerte cuando las madres aplicaban sobre ellas agua oxigenada.

Los primeros besos, las chicas con vestidos ligeros. Las risas roncas después de gritar todo el día. También durante el año, en época de colegio. Jugar al balón a todas horas. Las collejas de Don Javier y la regla en las uñas de Don Rufino. El bocata de chocolate Nestlé y el de mantequilla. Ver la tele un rato. Que mi madre me obligara a ducharme y me limpiara las orejas con bastoncillos de algodón.

Son tan inasibles los placeres de la infancia... Porque el gozo de la niñez proviene de algo mucho más sublime. Proviene del interior. De uno mismo. La sensación de inmortalidad. Beber el jugo dulce de momentos exprimidos. Es nuestra alma en estado puro, joven y lozana. Imperturbable. Y, de pronto se rompe, al llegar a la edad adulta, y el daño es irreparable. De pronto, nuestra alma no nos pertenece, se escapa y viaja en elementos desconocidos que intentamos descubrir, asir y retener. No sabes en qué momento ocurre exactamente: si al soplar la vela de tu decimoctavo cumpleaños, o al

1 Renacuajos en Euskera

cruzar la puerta de la universidad, o en el momento en que aprendes a conducir un coche. Quizá ocurra con el primer dinero ganado por trabajo, aunque sea reponiendo baldas en el supermercado del barrio, o con el primer encuentro carnal. Pero ocurre. Sin avisar. Entonces esos placeres se tornan extraños. Vienen de fuera, y son como un abrazo efímero, te agarran fuerte, con un zarandeo efusivo y extenuante, pero únicamente para soltarte después y dejarte de nuevo solo y hueco: un sabor, una sensación vanidosa de poder, quizá el sonido de un motor de un coche lujoso.

Todo se convierte en un círculo vicioso. Buscando algo que llene el vacío, en una carrera sin final, de un alma fugitiva que pretende unir el primer destello del sol con el crepúsculo.

Y, en la búsqueda desesperada, empiezas a cometer errores imperdonables, fallos infames, que anidan en tu interior y te vuelven oscuro, sin brillo, de un gris tenue.

Tomo el bloc y, con trazo firme, escribo en letras mayúsculas:

VENCER A MIS DEMONIOS.

Al leerlo, se me antoja una lucha encarnizada. Un combate en el que perderé sin remedio, aunque acabe ganando. Por un momento me siento abatido. Pero entonces el optimismo se revuelve y me arrebata el boli y escribe debajo con una caligrafía exquisita y serena:

Tengo toda la eternidad para sanar mis heridas de guerra.

El optimismo me mira entonces a los ojos, como para calmarme, y me acaricia la cara. Me dice en voz baja que lo voy a conseguir y para animarme dibuja, en la misma página del bloc, un camino con curvas y flores y en cada recodo plantea un guion:

- Hacer el amor.

- Ver una buena peli.

- Subir un monte.

- Recuperar una vieja amistad.

- Que me den un masaje.

- Contar un secreto.

- Que alguien confíe en mí.

- Confesar a alguien lo importante que es para mí.

- Disfrutar de la playa todos los días que pueda.

- Releer un libro que me encante.

Tiene razón. Estoy en el punto de partida. Me gustaría cumplir esto. Sin excesiva prisa. Sin obligación. Es como un apunte para no desviarme del objetivo final, nada más. Unas buenas razones para disfrutar del viaje.

CAPÍTULO 4

Llaman a la puerta. Es insistente.

La abro.

Alucino.

Alucino más.

Una mujer con una tarta y estoy seguro de que es mi favorita: tarta de arroz. ¿Que cómo lo sé? Porque está en sus manos y es para mí. Aunque tenga por encima el papel de aluminio y pueda ser cualquier otra cosa, sé que no, sé que es tarta de arroz.

Es lo único que sé.

En cuanto al resto, no entiendo nada.

—Eh, hola. Vaya sorpresa... —Esto es lo que atino a decir.

Ella continúa plantada en el felpudo, con una sonrisa y la tarta en las manos, como una feligresa con una ofrenda ante un altar divino.

Quizá haya dicho algo, eso tampoco lo sé.

Estoy como atrapado en este instante. Como analizando si ya se ha terminado todo y, al no conseguir vencer a mis demonios, estoy en una suerte de purgatorio donde me convidan a alguna de mis pasiones terrenales, mientras deciden dónde deben mandarme finalmente. O puede que algún desalmado haya tenido la indecente idea de gastarme una broma con cámara oculta. O el tumor avanza y sufro alucinaciones.

Mueve los labios.

Pero no escucho lo que dice. Sigo ensimismado en un proceso de análisis infructuoso.

Y de repente, lo escucho:

> —Te he preguntado a ver si te importa que pase, Luis. ¿Me oyes?

No sé si me importa o no, pero el caso es que me hago a un lado y le dejo que avance al interior de mi apartamento. Cierro la puerta y la dirijo por el pasillo hasta la cocina.

> —Puedes dejarla ahí —le indico la pequeña mesa rectangular que compré en Ikea. Es tan insulsa como el resto del piso y me sorprende sentirme relativamente avergonzado de mi falta de gusto.
>
> —Siéntate si quieres —prosigo. —¿Quieres algo de beber? —solo tengo cerveza y una botella abierta de vino tinto. Ella solo bebía vino blanco, así que no creo que quiera nada de lo que le ofrezco. Pero claro, eso era antes, cuando la conocía.
>
> —¿Tienes café? —es la una del mediodía y me sorprende la petición, pero ya solo somos dos extraños unidos por una tarta de arroz. Aun así, le respondo que sí con un movimiento expresivo de la cabeza y se lo pongo. Yo me sirvo un vaso de vino.

Ella está sentada a la mesa. Lleva un vestido de invierno color camel y unas botas altas negras. Tiene el pelo más corto que la última vez que la vi y está algo más delgada. Se ha quitado el abrigo, de modo que piensa quedarse un rato. Sé que está nerviosa porque se estruja una mano con la otra constantemente, inquieta. También porque oigo su respiración algo agitada y porque intenta hablar; abre la boca y después parece pensárselo y la cierra de nuevo, sin emitir sonido alguno. Por fin, parece encontrar unas palabras:

—Tienes una casa muy bonita —me miente —. No tienes fotos...—se incorpora torpemente y comienza a destapar la tarta y a buscar un plato para apoyarla. Salsea en los cajones, muy resuelta, y encuentra un cuchillo para cortarla y dos cucharillas. Abre varios armarios y saca, del último, una fuente redonda y dos platitos de postre.

—Sí, sí tengo. Pero están guardadas.

—Estás más delgado.

—Y tú.

Se instaura un silencio un tanto incómodo. Ya sentados y servidos, ambos comemos sin decir palabra. Ella con su café, yo con mi vino tinto. La tarta, como siempre, espectacular. Fuera, el sonido alegre de niños jugando en el parque y dentro el centrifugado de la lavadora a punto de terminar.

Me ilumino.

—Te ha llamado Ignacio, ¿no es así? Te ha dicho que vengas a ver qué pasa. Que a ver por qué no voy a trabajar y que por qué no le cojo el teléfono —y yo solito me enfado por momentos.

Ella remolonea, parece medir la respuesta. Mira al techo, baja la vista. Respira. Asiente, traga el trocito de tarta que está masticando, asiente de nuevo, hace un mohín con los labios.

—Así es. Se le hacía muy raro. Sobre todo, lo del trabajo, sin avisar ni nada. Y por eso he decidido venir; a ver si estabas bien. Nada más.

—Ya bueno, no es nada importante. Necesitaba un respiro.

En ese momento suena mi móvil y me levanto a por él, vuelvo por el pasillo hasta el dormitorio. Está en mi mesita. Lo cojo. Es Ignacio. Qué casualidad.

—Joder, Luis, pero ¿qué te ha pasado? ¡Te he llamado un millón de veces! Hasta he ido a tu casa, casi tiro la puerta abajo. ¿Dónde coño te habías metido? Tienes a

Eliseo cagándose en Dios cada dos minutos. Estamos hasta las narices de oírle. Todo el día, oye. Como si no pasara nada más. Ya sabes, que te va a echar, que luego no le cuentes películas. Bueno, lo de siempre.

—Tú tampoco tienes mucha paciencia, ¿no? Tengo ya aquí a tu esbirra, en un ratito te habría pasado el parte.

—¿A mi esbirra? ¿Qué esbirra?

—A Arantza.

—¿A Arantza? ¿Qué está ahí dices? ¿Pero tú te has vuelto loco? —Aunque no estoy muy cerca de la cocina tomo la precaución de bajar el volumen de voz de la llamada entrante—¿Y qué hace ahí? ¿De verdad tú crees que llamaría a esa zorra para ver si estás bien? Contrataría una puta y le pagaría una mamada por adelantado para que fuera a tu casa para ver dónde andas. Peor aún, le chuparía yo la polla a Eliseo, fíjate lo que te estoy diciendo, Luis, para que te encontrara como fuera. Vamos, cualquier cosa antes de mandarte a semejante víbora.

Estoy ya en la cocina y miro a Arantza que comienza a recoger los platos enérgicamente y se pone el abrigo como para salir huyendo.

—Yo no he acabado, Arantza— Le digo, con el móvil aún en la mano y agarrándola suavemente por el brazo izquierdo.

Ella deja mi plato de nuevo en la mesa, pero espera de pie, con una sonrisa nerviosa y el abrigo puesto.

—Ignacio, te llamo luego —le digo a mi amigo. Y le corto, aunque oigo que él no ha terminado de hablar.

Me siento y le pido a ella que haga lo mismo. Lo hace. Sin ganas, como asustada. ¿Cuándo se ha asustado Arantza de mí?

—¿Y bien? ¿Por qué has venido, Arantza? Ahora ya en serio. ¿Qué ocurre?

Ella calla y en su rostro el miedo se mezcla con una tristeza que recorre inclemente cada centímetro de su cara: se cuelga de los extremos de las cejas, embrolla el ceño, humedece levemente sus ojos y comprime sus labios en un rictus de contención. Un tímido coraje le hace frente y entonces ella habla, aunque, al abrir la boca, la tristeza y el miedo penetran por ella y se hacen paso hasta hundirse en sus cuerdas vocales y entonces su voz tiembla:

> —Sé que estás enfermo, Luis...—titubea, se atusa el pelo, mira hacia otro lado— El viernes me llamaron del hospital...de asistencia domiciliaria o algo así... Al principio no entendía...me explicaron que habían intentado llamarte al móvil varias veces y que, al no conseguir localizarte, habían decidido intentarlo en el fijo que tenían en la base de datos... El de casa...

CAPÍTULO 5

El de casa…

Cuando lo dice algo me remueve. Dice "el de casa", no dice "el de mi casa", tampoco dice "el número que teníamos cuando vivíamos juntos". Dice "el de casa". Como si esa casa aún fuera de los dos. Nuestra casa. Como un presente. Como si nos uniera aún algo más que una tarta de arroz o un montón de fotos escondidas en los cajones.

Me remueven sus palabras, pero también su tono de voz y su expresión. He aprendido a fijarme en ello. Le doy más importancia, si cabe, a ese envoltorio que adorna los discursos con sonrisas o con lágrimas y, sobre todo, con miradas. Me fijo en todo. Si la mirada es directa o esquiva, la posición de las manos, la sinceridad del cuerpo. Leo sentimientos. Me lo enseñó Ignacio un día en que fuimos a tomar algo cuando todo ocurrió. "Mantén la cabeza bien alta, Luis. Escúchame bien, en esta vida puedes provocar sentimientos de toda clase y todos están bien: envidia, asco, lujuria, simpatía, rencor… da igual, todos valen. Todos menos dos: pena y risa." Recuerdo que me quedé mirándolo y él me llamó gilipollas, se dio cuenta al instante de que no sabía a dónde quería ir a parar. Tampoco yo me encontraba en mi mejor momento y no sabía a quién podría inspirar un sentimiento diferente a la compasión. Era un perdedor. Había perdido todo en la vida. TODO. Al menos todo lo que me importaba de verdad. Ignacio se empeñó en explicármelo. "Es crucial que lo comprendas"— me dijo. "¿Te han advertido alguna vez sobre la diferencia entre reírse de ti y reírse contigo?"— asentí entonces con pocas ganas— "¿Si? Estupendo. Lo distingues, ¿verdad? Pues con la pena pasa exactamente igual. Solo debes permitir la compasión de alguien que sufra por tu desgracia lo mismo que tú. Es muy diferente sentir pena de ti que sentir pena contigo y para eso debes fijarte en algo más que en las palabras".

No es que me pareciera que Ignacio sintiera la misma pena que yo de ninguna manera. Ni en su lenguaje verbal ni en su lenguaje no verbal. Pero era cierto que me acompañaba en ella y que deseaba, incluso más que yo mismo, que saliera de ese pozo sin fondo y rehiciera mi vida lo antes posible y, si para olvidar a Arantza tenía que follarme a cien tías, él me haría el favor de follarse otras tantas, eso sí, en la habitación de al lado.

El significado de sentir pena contigo más real que he visto jamás lo tengo delante de mí ahora mismo: Arantza se retuerce las manos, en silencio, mirándome con esa tristeza pululando de un lado a otro de su rostro, saltando en sus cuerdas vocales, colgándose de sus hombros, colgándose de su barbilla. Confiriéndole un aspecto caído y decaído. Quizá nuestras tristezas de pronto recuerden la casa juntas. Quizá se toquen y se abracen. Quizá la conexión va de eso. De sentimientos etéreos que se acoplan entre sí a nuestras espaldas. Se hacen arrumacos y manitas debajo de la mesa. Cantos de sirena al oído. Caricias en el alma.

Hay algo diferente en su mirada. Es totalmente distinta de las miradas del médico y de las enfermeras. Ellos compadecían, ella sufre. Y, a pesar de todo, no soy capaz de entenderlo bien y tampoco de preguntarlo.

El de casa…

La imagino levantando el auricular. Descolgando. Está en la base, en el salón. Sobre la mesita auxiliar que trajimos de nuestro viaje de novios. O quizá esté cocinando y se haya llevado el inalámbrico a la cocina como hacía antes. ¿Estaría haciendo ya la tarta de arroz en ese momento? ¿A quién iría destinada en ese caso? ¿Habrá hecho cambios en casa o seguirá todo como siempre? Sí, en casa. No en su casa o en la casa en la que vivíamos juntos. Me gusta cómo suena: en casa. Suena a que nada ha pasado. Suena a felicidad y a proyectos. Suena a pasado y a futuro. Suena a vida y no a muerte. Suena a nostalgia y a promesas. Suena a olores dulces, a guisos caseros. Suena a dormir abrazados. Suena a risa, pero a risa conmigo y contigo. A risa juntos.

Pero es solo una ilusión.

El de casa…

Supongo que ahora es mi turno. Ella ha hablado ya. Pero no acabo de conformarme con lo que ha dicho. Que han llamado al otro número que tenían. El de casa…Pero no entiendo bien qué hace aquí. Pensaba que se mostraría indiferente. Que yo ya no le importaría nada. Que todo nuestro vínculo terminó hace años. Pero ese algo en su voz y en su mirada explica más que las frases que acaba de pronunciar. Supongo que ahora debo hablar yo, pero no me salen las palabras. Me han dicho algo así como "tienes cáncer, terminal", puede que con algún rodeo, pero sin mucha dilación. Sin embargo, se me hace casi imposible decir "tengo cáncer, terminal".

Ella me mira y su tristeza pasa a un estado líquido y se desliza por sus mejillas. Se la intenta quitar a manotazos, pero no puede. La tristeza crece y fluye sin parar, como en una carrera a relevos, silenciosa. Arantza alarga su mano y coge la mía.

No sé por qué, pero la retiro de inmediato y me pongo tenso.

—¿Por qué has venido? — le pregunto en un tono acusador.

Ella se sorprende y, de nuevo, balbucea, tartamudea, busca algo importante que decir. Nunca se nos dio bien hablar. Ni cuando nos conocíamos, ni cuando creíamos que sabíamos con certeza lo que pasaba por la mente del otro. ¿Cómo vamos a entendernos ahora? Ahora, que solo somos dos extraños molidos a palos.

—Porque estás enfermo…—y los puntos suspensivos se quedan en el aire como una incertidumbre que pesa y se me posa en los hombros.

—No, Arantza—sigo con mis desplantes, quizá porque quiero que esto acabe, o quizá porque quiero enderezar el rumbo—. Eso es un hecho, estoy enfermo, sí, pero no es un motivo. No has venido porque esté enfermo. Uno no abre el paraguas porque llueve. Uno abre el paraguas porque le incomoda la lluvia, porque no quiere mojarse. Uno no se abriga porque hace frío, sino porque lo siente. ¡Qué manía! Siempre expresas tus sentimientos con hechos y los hechos no son más que eso, hechos, pequeñas realidades objetivas. Tú crees que explican de por sí un montón de sensaciones evidentes para ti, pero no para los demás. Yo también lo hacía antes. He reflexionado mucho sobre ello estos tres años. El mismo hecho provoca reacciones diferentes en las personas, pero entonces no lo sabía. Entonces los hechos me parecían axiomas, o más bien preguntas cerradas, con una única respuesta válida. Estoy enfermo, sí. Es un hecho. No es ninguna pregunta, tampoco es una respuesta. Así que déjame que vuelva a plantearte la cuestión, sin cambiar ninguna coma, ningún signo: ¿por qué has venido?

Dejo mis palabras en el aire, como los puntos suspensivos de ella y aguardo a que se posen y ella las medite. No necesito que me dé la razón, ni siquiera necesito que me explique nada. Puede levantarse y marcharse, he aprendido a vivir en la distancia, sin haber comprendido muchas cosas, simplemente aceptando la situación. Pero si quiere quedarse, si quiere que hablemos, necesito un porqué.

—Siento mucho todo lo que pasó—comienza a explicar mirando al vacío—. Siento todos los desencuentros. Siento mucho la soledad, la tuya y la mía. Siento los errores. He venido porque quiero que sepas la verdad.

La verdad…

No le digo nada al respecto, simplemente asiento, quizá necesite reordenar todo en su cabeza. He aprendido a ser paciente. También a ser claro. Debo dejarle un rato. La verdad…

Otra cosa que he aprendido...la verdad no existe. La verdad cambia. Mi verdad hoy es muy distinta a mi verdad de entonces. Su verdad también. ¿Qué verdad me va a contar? ¿La de ahora o la de entonces? Le dejaré hablar, sí. Parece que está decidida. Parece no ser consciente de la afirmación categórica y vanidosa que acaba de pronunciar. Quiere que yo sepa la verdad. Como si fuera la verdad válida, la verdad que aclarará todo, por fin. Pero tengo paciencia y aguardo imperturbable un discurso inopinado, nuevo, a partir del cual, deberé rehacer mi versión, volver a encajar momentos, insolencias, presunciones, reacciones, esperanzas y desengaños.

CAPÍTULO 6

Arantza parece reflexionar unos instantes, como si necesitara repasar mentalmente un guion. Está preparada para defender su tesis. Inspira, como si al hacerlo se le llenaran los pulmones de coraje y no de aire. Mientras lo hace, cierra los ojos, colocando cada partícula en un lugar decisivo, en un orden inalterable, y, al expirar, despega los párpados lentamente y unos iris oscuros me miran con ternura.

> —La verdad es que yo solo quería que me hicieras caso. Que nos hicieras caso a Asier y a mí. Esa es la verdad — hace aquí una pausa suave y me mira analizando mi reacción.

Sé que mi rostro no revela nada especial. Ya he pasado por todo. Por un duelo interminable y angustioso. Por noticias devastadoras. Por una soledad insistente. Podría jugar una buena partida de póker sin que mis adversarios percibieran la más leve pista sobre mis cartas. Ahora me centro en este momento. En un análisis exhaustivo de una verdad diferente. El punto de vista que me fue negado en innumerables ocasiones. Cuando por fin he sido capaz de aprender a vivir (o a morir) sin explicaciones, llega esta ponencia inesperada, esta aclaración en el límite de mi vida. Una posibilidad de redención de mis pecados inintencionados y también de los más flagrantes.

Por cada una de sus afirmaciones se crean en mí cientos de preguntas, pero mi paciencia decide esperar. A veces, solo es necesario un poco más de tiempo, me dice.

> —No sé muy bien en qué momento ocurrió, Luis—prosigue Arantza—. No sé cuándo me cansé. Quizá ni siquiera llegué a cansarme del todo y simplemente me rendí. Tomé un camino más fácil, más entretenido, donde no tuviera que luchar a cada minuto. Sí, creo que estaba cansada. Ya sé que pensarás que todo lo que hiciste lo hiciste con nosotros en mente. Perseguías objetivos ambiciosos. Yo me dejé convencer, supongo. La recompensa era tan grande que creí que merecería la pena esperar. Creí que algún día llegaría la estabilidad, la rutina, y que pasearíamos los tres juntos los viernes por la tarde. Que dejaría de sonar el teléfono y que solo cogerías un avión para volar conmigo. Que el ordenador sería un aparato de música o el instrumento para descargar películas o libros. Que ya no vería más tablas de Excel. Que los emails serían solo para confirmar nuestro amor durante mil y una noches. Que no oiría la cafetera a las tres de la mañana. Que la encendería yo misma a las seis para ver juntos el amanecer con una taza caliente en la mano o que desayunaríamos mirando al mar en la playa. Que buscaríamos una buena universidad para nuestro hijo y que viajaríamos por todo el mundo. Sí, pensaba que algún día volverías a ser mío y que volveríamos a reírnos de tonterías y a bailar descalzos y en pijama. Que volveríamos a ir al cine, o a salir los domingos a tomar un aperitivo y que, quizá, volveríamos a acampar al raso y miraríamos las estrellas en las noches claras del verano en el Pirineo.

Arantza se gira levemente. Ha dejado colgado el bolso en un lado de la silla, lo coge y saca de él una cartera grande. Al abrirla, extrae una foto del billetero. La mira y sus ojos se humedecen.

—Mira, Luis. Como aquí. ¿Recuerdas este fin de semana? — Entonces me la alarga con una sonrisa melancólica.

La tomo con dedos temblorosos. Mi cara de póker no necesita ocultar ninguna carta porque ella ya sabe cuál es, así que me doy permiso para llorar y perder esta mano. En realidad, perdí la partida hace mucho.

En la foto salimos los tres: Arantza, Asier y yo. La tomamos un fin de semana en el Pirineo aragonés. Fue hace unos quince años. Quizá algo menos, puede que catorce. Asier tendría unos seis años y en la foto sale entre nosotros dos riéndose felizmente. De hecho, los tres reímos. Es un primer plano y se ve, al fondo, entre nuestras cabezas, la cremallera de la parte frontal de la tienda de campaña. Es una foto alegre y triste a la vez. Como si me transportara a un mundo paralelo, como si hubiera cruzado a otra dimensión de la que no podré volver jamás. Me cuesta recordar haber sido así de feliz alguna vez. A Asier se le habían caído los dientes y empezaba a asomar el filo del incisivo izquierdo de arriba. Hablaba como un viejecillo incombustible.

Asiento por toda respuesta y le devuelvo la foto. Ella la coge. Ya no llora. Tiene cierta expresión de satisfacción en la cara.

—¿Sabes, Luis? Durante todos estos años me he sentido tan desgraciada...incluso te he culpado de lo que ocurrió, ¿puedes creerlo? —hasta se permite una leve risa en ese momento— Pero sé que no es así. No del todo. Sé que en parte también fue culpa mía. Esperé demasiado. Es lo que les pasa a los jefes a veces, ¿no crees? Un jefe no puede dejar que pase un tiempo infinito para que el empleado adivine cómo le gusta que le presente los informes, ¿a que no? Si no se lo dice claramente, el empleado lo hará como cree que es mejor. Nunca se nos dio bien hablar. Yo fui muy pasiva. Yo quería algo y no lo decía. Como lo quería con tanta fuerza, pensaba que era evidente, que no podía ser de otra manera. Me parecía de locos que no te dieras cuenta. Creía que entendías todo lo que me pasaba por la cabeza, como si fueras un adivino o algo así. Como si fuéramos una única persona. Como si al unirnos, aquel día en la iglesia, nos hubiéramos unido de verdad en cuerpo y alma. Y no. Esa es una visión demasiado romántica. Me he dado cuenta demasiado tarde. Tú eras tú con tus sueños y yo era yo con los míos. Era la confluencia de ambos la que nos haría crecer juntos. Y aunque pudiéramos intuir, nunca debimos dejar de hablar.

Cambia de nuevo de postura y vuelve a mirar la foto. Una pequeña sombra de color pastel se instala en su rostro.

—Fue un fin de semana maravilloso. ¿Recuerdas lo que gritaba Asier cuando le decías que respirara por la boca para evitar el olor a vaca?

Yo también suelto una sutil carcajada:

—Sí, que no porque se le meterían por la boca las vacas, las boñigas y las moscas.
—Exacto — dijo Arantza ya a carcajada limpia—. Así que subía todo rojo por la ladera sin respirar y tú ibas cargado con la tienda de campaña, pero aun así le cogiste en brazos, le subiste lo más alto que pudiste y le dijiste que ahí arriba no podían subir ni las vacas ni las boñigas y que las moscas solo iban donde estuvieran aquellas. Entonces él abrió mucho la boca y respiró con todas sus fuerzas.
—Sí—respondí— y me tuvo así, cogiéndole y dejándole, hasta que llegamos arriba del todo. Ni un minuto entre alzada y alzada. Fue agotador. Y tú toda pancha, con una mochilita de nada y riéndote sin parar. Qué morro.
—Es que estabais los dos como un tomate. Y tú cada vez que le cogías le levantabas menos, ¿te acuerdas? Ya no podías.
—¡Cómo olvidarlo! Y cuánto hablaba. Era un niño tan vivaracho... Cuando llegamos arriba dejé la bolsa de la tienda en el suelo y cogí los anclajes. Al final

elegí un sitio a unos diez metros de la bolsa y le iba pidiendo los tensores, las herramientas, los tubos... Cada vez que le pedía algo, iba corriendo a cogerlo, rebuscaba en la bolsa y volvía corriendo donde mí. Haría kilómetros de carrera aquel día. Solo por ver ese despliegue de energía, yo le pedía las cosas de una en una. Iba y venía sin parar y siempre riendo. Cuando tenía dudas, en vez de enseñármelo de lejos, también venía hasta mí, ¿recuerdas? "Aita, ¿ez ezto?", me preguntaba. A veces era y me lo daba orgulloso y, cuando no había acertado, volvía corriendo hasta la bolsa mientras yo le explicaba casi a gritos y totalmente seguro de que apenas me escuchaba. "Aita, ¿ez, ezto?", preguntaba sin parar con su acento de desdentado.

—Casi no nos dejó dormir aquellas dos noches— prosigue ensimismada Arantza—. Salía y entraba de la tienda cada dos minutos, a ver las estrellas, a escuchar un ruido, a coger un hierbajo...Y tú le asustabas metiendo la mano en su saco de dormir, pero él no tenía miedo. Hacía como si lo tuviera y daba grititos falsos de terror, pero no lo tenía, no lo tenía en absoluto.

—Si...y su cara cuando pescamos esas truchas en el ibon. Estaba emocionadísimo. ¡Quería llevárselas vivas a casa y tenerlas en un acuario! Hasta les puso nombre. A una le puso el nombre de su profesora Ana, ¿recuerdas? Y a la otra la de aquella chica que le cuidaba cuando estabas preparando las oposiciones... ¿Cómo se llamaba? ¿Ruth?

—Raquel— me corrige.

De nuevo se instaura un gentil silencio, nada incómodo. Es un silencio conciliador. Es un silencio sanador. Ese silencio que te permite regodearte en buenos recuerdos. Un impás en que tu mente, como si fuera un globo aerostático, aterriza suavemente en el presente mientras el pasado te va soltando la mano en una dulce despedida.

—Yo también lo siento—digo, por fin—. Casi toda la culpa es mía. Quizá no fuiste tajante, quizá no me diste un ultimátum, ¿pero de verdad era necesario hacerlo? Fui yo quien postergaba el momento de decir basta, de asumir que ya tocaba parar, de darme por satisfecho en una carrera sin fin. La avaricia rompió el saco, ¿no dicen eso? Mi avaricia rompió todo. Sobre todo, me rompió a mí. ¿Qué ibas a hacer sino huir? No te dejé más opción. Es cierto que no dedicaste una noche a exponer un discurso con los pros y los contras, con porcentajes, con la cantidad de felicidad acumulada pendiente de disfrutar, pero el ciego fui yo. Es cierto, nunca se nos dio bien hablar. ¿Recuerdas cuando me esperabas despierta en la cama? Yo había estado trabajando de madrugada para variar. Cuando ya estaba exhausto, y las líneas de las tablas numéricas se superponían en mi retina, apagaba el ordenador y me metía en la cama. Entonces tú me abrazabas y yo, tonto de mí, me daba la vuelta para apurar las pocas horas de sueño que me quedaban. ¿De verdad son necesarias palabras en momentos así? Hoy en día creo que no, pero volviendo la vista atrás, ojalá me las hubieras dicho. Ojalá te hubieras enfadado conmigo, ojalá me hubieras gritado cada vez, ojalá me hubieras dicho lo mal que te hacía sentir. Ojalá. Aunque fuera tan evidente. Te comprabas ropa nueva para sorprenderme y yo ni siquiera era capaz de diferenciar una parka de un abrigo de paño. Hacías cenas exquisitas y me esperabas aburrida viendo la tele a la luz de las velas con la cena fría en fuentes con bordes dorados. Yo llegaba tarde y cenaba rápido. Ni siquiera te miraba, ¿no es cierto? Solo tenía ojos para estadísticas y tendencias. Solo me interesaban el estado de los pedidos y los márgenes brutos. Mientras, tú te hundías en un sofá de cinco mil euros y yo era tan tonto que no me daba cuenta. Sí, parece que necesitaba más que palabras en realidad. ¿Por qué nunca me lo dijiste? Perdóname, no es culpa tuya. Pero solo pensar que podrías haber evitado todo esto me duele más que el calvario que he sufrido después. Algunos domingos preparabas un picnic, vestías a Asier, te ocupabas de tener la casa hecha en menos de una hora, y todo eso lo hacías tú sola, sin ninguna ayuda por mi parte, tampoco me daba cuenta de eso. Supongo que también podrías echármelo en cara. Sí, era como magia. Yo volvía de trabajar y todo estaba en el mismo orden perfecto. Las camisas planchadas con esmero, los cristales tan escrupulosamente limpios que parecía que los ventanales que daban al porche eran un espacio vacío, una nada. Sí, es cierto. Tampoco me daba cuenta. Y sé que estudiabas porque tenías sueños. Te pasabas horas repasando, estudiando, preguntando, leyendo. Pero tú, al contrario que yo, no descuidabas el resto. Eras una especie de diosa omnipresente. Alguien que estaba en todas partes, que sabía todo. Un ángel de la guarda. Te preocupabas de que estuviera la despensa llena, de elegir sábanas con bordados finos, de ayudar a Asier con los deberes, de ir a las reuniones del colegio, de cambiar las bombillas fundidas, de todo. ¿Por qué no me gritaste que era un estúpido? En lugar de eso, callabas, asumías. Planificabas excursiones con el mimo de un artista que da las últimas pinceladas a un lienzo enorme, el colofón de un trabajo titánico, y llegaba yo, somnoliento, ido, y absorto en un mundo absurdo, y emborronaba ese cuadro con la pintura negra de mi desgana— todo esto lo digo con una vehemencia inusitada y observo a Arantza sentada, con la espalda estirada, un tanto incrédula, como si hubiera esperado este tren durante una eternidad y llegara tarde, justo cuando ella, harta de esperar, hubiera comprado un billete de autobús—. Claro que todo esto lo he pensado en los últimos años. Esto y otras muchas cosas. Es tan injusto… En la vida no hay una prueba en la que puedas fallar, el tiempo no comienza de nuevo nunca. Nada se olvida tampoco. Todo va cargándose en una mochila que llevamos a la espalda y de la que no nos podemos liberar. Algunos, llegarán a su hora livianos. Sí, aquellos que hayan sido comedidos y reflexivos y hayan tenido el valor de reconocer sus errores a tiempo. Otros, como yo, llegamos al final demasiado pronto y demasiado cargados. ¿Será eso la vida? ¿Se acabará cuando no podamos acarrear más peso?

Me quedo pensativo unos segundos, pero arranco de nuevo, levanto la mirada, y en un tono casi acusador, me dirijo a Arantza:

—Nunca dijiste nada. Callaste. Pretendiste asumir. Pero, en realidad, solo crecía en ti la venganza irrefrenable del rencor. Tú podías haberlo evitado. Tú eras consciente de tu malestar, yo nunca lo fui. Fui un tonto, lo sé. No debería estar diciendo esto, pero en un accidente, ¿quién tiene la culpa? ¿el que lo provoca o el que no hace nada por evitarlo? ¿Cuál es la verdad que querías contarme, Arantza? ¿Que no os hice caso? ¿o que no era suficiente? ¿A esto has venido? ¿A decirme que todo se acabó porque no os hice caso? ¿Qué más da ya? Vienes a decirme esto como una puntilla, como para darme la estocada final, para que me vaya seguro de que todo fue por mi culpa, ¿no? Como si yo no me la echara encima, como si anduviera ufano en una libertad que no buscaba. Y tú, Arantza, ¿qué hiciste tú mal? ¿Acaso te lo has preguntado alguna vez? ¿Acaso te has sentido culpable alguna vez? ¿Cómo empezó todo? ¿Sabrías decirlo? ¿O cuándo? Quieres que sepa la verdad, y la verdad es que no os hice caso. Ese es el resumen de todo, el génesis, el principio del final.

De pronto callo, como si hasta ahora hubiera estado hablando en voz alta casi sin querer. Como si mi ira fuera una bestia dormida y, de pronto, despertara en medio de un bosque oscuro y amenazador. La ira escapa completamente y me deja un rostro sereno y una voz suave. Miro a Arantza con una mezcla de indiferencia y resignación. Es una oportunidad del destino, es el diálogo que deseaba tener conmigo mismo mejorado con una voz externa, con una realidad incontrolable. Es muchas de las respuestas que busco y otros tantos interrogantes que me abruman.

Ella también calla. Se siente sorprendida. Lo sé porque nunca le he levantado la voz. También estará un poco asustada. ¿Cuándo se ha asustado de mí Arantza?

—Si vienes a decirme la verdad, tendrás que contármela de principio a fin. ¿No crees? —un aire justiciero se encarama en mi hombro derecho y me mira orgulloso— Yo no hice las cosas bien, en eso debo ser franco y asumir mis errores. Hice casi todo mal, de hecho. Hice cosas horribles, cosas que me alejan del ideal de persona que un día deseé ser. Una mezcla de McBeth y Maquiavelo, en una versión cutre y nefasta. ¿Pero desde cuándo son los errores de uno la justificación de los errores del otro? ¿Crees que por sufrir tenías derecho a hacerme todo aquello? ¿Quieres saber la verdad? ¿Mi verdad? Yo solo quería recuperarte. ¡Qué cosas! Tú solo querías que yo os hiciera caso y yo solo quería recuperarte. ¡Suena todo tan lícito! Y sin embargo, ¿cuánto daño ocultan esos deseos tan corrientes, tan razonables? Yo no puedo hablar de tu dolor, sólo tú puedes hablarme de él. Pero conozco el mío. Conozco el dolor de la traición.

CAPÍTULO 7

—Ya no estamos juntos. Desde hace un par de meses—confiesa ella.

Afuera, los niños han dejado de gritar. Dentro, la lavadora también calla, a la espera de testimonios perezosos.

Es hora de comer, hora de tomar mi siguiente dosis. Me levanto para poner un par de platos y saco el cocido de la nevera. Sirvo unas raciones generosas y las caliento en el microondas. Ambos callamos en un silencio que es un duelo. A veces, uno no sabe cómo seguir una conversación, uno pierde la falsilla de guiones rectos y se tuerce sin remedio. La charla se convierte así en un estado de ánimo con vida propia, un vaivén de pensamientos avivados por una libertad inusitada. Sin contención, la unión del cerebro y el corazón es demasiado peligrosa.

Coloco los platos sobre la mesa de la cocina, dejo a Arantza en compañía de su conciencia y voy a mi cuarto a por las pastillas. Las tomo allí mismo, con un poco de agua del botellín que sigue sobre la mesilla. Está caliente.

Tardo un poco adrede. Miro por la ventana un ratito. La medicación actúa de placebo sobre mi humor con efecto inmediato y vuelvo más optimista.

—Come, que se va a quedar frío —le digo tras entrar de nuevo en la cocina, al tiempo que me siento y me pongo la servilleta sobre el regazo —. ¿Qué ocurrió?

Ella parece volver en sí, contrariada.

—Ah —se da cuenta y prosigue—. Con Joseba, sí, bueno. No cuajó.

De nuevo el silencio. Comemos despacio. Saboreando un momento de una complicidad salvaje. Creo que ambos rumiamos el mismo pensamiento. Yo nunca supe cómo había empezado todo entre ellos, tan solo una sospecha y algunas afirmaciones bastante dudosas. Otra vez lo mismo. Un vago relato de hechos objetivos en los que me faltaba el motivo. ¿Realmente quería saberlo? ¡Cuántas veces uno se enfrenta al conocimiento de sucesos con un ansia incontrolable, como si fuera a obtener la llave de la tranquilidad, como si fuera a abrir un regalo envuelto en papel de colores con un lazo gigante y dorado! Uno siente palpitar su corazón como si fuera a salirse del pecho y arranca el envoltorio con manos temblorosas. Y, sin embargo, al abrirlo, descubre un puñal que se clava en ese corazón desbocado, le duele, le abre en canal, le parte en dos, le desangra.

Así debe sentirse también el que otorga ese cachito de realidad. La conoce y ya ha palpado las aristas afiladas, pero la sujeta por el mango y observa cómo se vierte la sangre ajena cayendo en gotas grandes, espesas, sonando con cada golpe violento contra el suelo. ¿Y qué hay de su propia liberación? Quizá nada. Quizá a veces confirmar esa certeza nos ata más de lo que nos libera. La incertidumbre vuela por derroteros amplios, inciertos. Son senderos con luces y sombras, con ramas que uno puede apartar si lo desea con fuerzas. Uno puede esconderse en madrigueras, en refugios recónditos, en palabras suaves y ambiguas. El de la realidad, por el contrario, es más estrecho, no tiene escapatoria y, una vez que lo conoces, no importa con qué avidez desees cerrar los ojos y caminar a ciegas porque traspasa tus párpados, se cuela en tu garganta, te oprime el pecho, te come a bocados, te engulle entero y quedas a su merced para siempre.

Por eso no habla más. Nos protege a ambos. Es esa condición innata de las madres. Son las defensoras de las familias en el reino animal. Es una tigresa o una leona. ¿O es una cucaracha?

> —Y respecto a ti...¿qué dicen los médicos?— me dispara entre recelosa y osada. Parece temer mi reacción y, de pronto, se inclina sobre la mesa, se estira todo lo que puede y alcanza mi mano izquierda. Me la aprieta, me la acaricia y me mira en tono de súplica.
> —Me quedan tres meses, Arantza. No tiene solución. —Aguanto estoico como abducido por alguien que no soy yo, aguanto su mirada, pero ella la retira.

Hay certezas distintas. La certeza de la enfermedad incurable también es una daga, pero no la empuña un ser querido. Es una certeza sin remedio. Es una certeza más diáfana. Saldrá a la luz, aunque no queramos y dolerá mucho, pero, al menos, quien nos la clava no duerme a nuestro lado, no depositamos nuestros sueños en su regazo, sus dedos no recorren nuestra espalda. Ella lo sospechaba. Esta realidad destapada también le rompe, le hace daño, pero de alguna manera le prepara para el asalto final. He aquí la diferencia más grande. Esta confirmación le pone una nudillera de silicona, una armadura oxidada y una malla raída. Es una protección escasa, pero es algo. Compartir esto me libera un poco a mí. El escondite de esta realidad es oscuro y fuera hay una claridad tenue. Dentro estoy solo y hace frío. Fuera, una mano cálida enciende unas brasas tímidas.

También compartimos la tristeza, otra vez. Salta de ella a mí y de mí a ella y sacude nuestros labios que tiemblan apretados.

> —¿Tienes miedo? —me pregunta.

Ella ha terminado de comer, pero no recoge su plato. Sabe que no es el momento. El momento es uno y único y ella sabe cuál es. Mueve su silla y se traslada, como flotando, de ocupar el otro extremo de la mesa, a sentarse justo a mi lado. Y me acaricia de nuevo la mano.

—No lo sé— respondo—. No sé muy bien qué siento en realidad. Siento rabia, supongo. Siento que no soy nada de lo que un día quise ser. Ya te lo he dicho antes. Me gustaría sentirme orgulloso de lo que he hecho en la vida y no puedo. Todos estamos malditamente marcados por unas convenciones que nos obligan a avanzar en un sentido, aunque tengamos el paso cambiado. Ahora soy un despojo, un desecho de un plan ajeno. Un prototipo descartado. Sí, así me siento. Es curioso cómo un castillo de naipes, una construcción tan delicada, a la que debemos consagrar tantas horas, puede venirse abajo por una leve corriente de aire. Así me siento. Como si hubiera dedicado toda mi vida a construir un castillo de naipes. El más alto. El más frágil.

Hago una pausa y coloco mi mano derecha sobre la suya y la mía.

—Siempre he querido ver lo que me depararía el futuro— prosigo—. Recuerdo un cuento estupendo que leí cuando aún era muy joven. Trataba de un niño al que un ser mágico le regaló una madeja de hilo. La madeja representaba su vida y el ser mágico le indicó que, si tiraba del hilo, su vida avanzaría más rápido y podría ver el desenlace de ciertas situaciones si le resultaban incómodas o aburridas, pero, a la vez, le advirtió que lo hiciera con cautela, pues podía desenrollar el hilo, pero de ninguna manera volver a enrollarlo. El niño no tenía paciencia y siendo pequeño, sintió curiosidad por ver en qué se convertiría al llegar a la vida adulta y desenrolló un trozo. Después quiso saber con quién se casaría, y lo desenrolló un poco más. Más tarde quiso asegurarse de que sus hijos nacían sanos y fuertes y así sucesivamente hasta que la madeja se acabó. Intentó enrollarla, pero tal y como le advirtió el ser mágico era imposible y solo entonces se dio cuenta de cuántísimos momentos había desaprovechado, cuántas noches de caricias y promesas, las risas de sus hijos, el olor de las flores, el rumor del agua.

Siento eso exactamente, que me he perdido amaneceres y anocheceres, sabores nuevos y viejos, incluso lágrimas me he perdido. Siento nostalgia de emociones intensas, aunque fueran dolorosas o inciertas. Después de leer ese cuento me propuse no caer en la trampa de la ansiedad. No lo he conseguido. Siempre he querido más de todo. Es una avaricia del tiempo. Una avaricia de constatar que todo iba según el plan. Una obsesión por cumplir hitos medibles, realistas. Un máster de la planificación. Pero los planes pueden torcerse en cualquier momento, incluso al final.

—¿Te gustaría venir conmigo? —pregunta súbitamente Arantza.

¿A casa? me pregunto para mí mismo. ¿Y compartir la misma cama? ¿Y hacer como si nada hubiera pasado? ¿O dormiría en una de las habitaciones vacías? ¿Sería entonces como un moribundo tocado por la compasión de una mujer sola que busca la triste compañía de un pasado con fecha de caducidad? No lo entiendo. No quiero preguntar. No quiero arriesgarme a otro puñal. No voy a abrir este regalo.

—No, no me gustaría.

CAPÍTULO 8

Arantza asiente otra vez.

—De acuerdo. Recojamos esto.

Entre los dos metemos los platos y los cubiertos al lavavajillas, yo paso la bayeta por la mesa y cuelgo la ropa mientras ella hace más café. Cuando está listo, lo acomodo en una bandeja y vamos juntos al salón.

Ella se queda de pie, dando una vuelta por la estancia, pensativa.

—¿Dónde tienes las fotos? —me pregunta.

—Ya te he dicho antes que están guardadas — respondo sin apenas prestarle atención—. Además, no tengo muchas. Te quedaste con casi todas. Bueno, te quedaste con casi todo.

—¿Puedes sacarlas?— me pregunta pasando por alto mi crítica.

—No me apetece, Arantza. ¿Para qué?

—A mí me reconforta, de vez en cuando.

—También en eso somos diferentes —sentencio.

—Ya han pasado casi tres años y medio…— una melancolía dulce se posa en sus ojos y su rostro recupera el candor de la juventud por un momento—. ¿Sabes? Al principio me dolía mirarlas, me recordaban que ya no estaba. Era como asomarme a un abismo, me daba un vuelco el corazón. ¿Lo has sentido alguna vez? Como si negaras la evidencia, como si dentro de ti aquella ausencia no fuera más que una mentira despiadada y, de pronto, al mirar la foto te golpeara con el puño cerrado de la realidad. Como si te dieran la noticia una y otra vez. Viviéndola con la misma intensidad. Claro, que lo habrás sentido... Por eso no tienes las fotos. Yo hice un ejercicio. Un ejercicio doloroso y largo. Se me hacía imposible. Muchas veces estuve a punto de hacer lo mismo que tú. Guardarlas todas. Dar la espalda a esta parte de mí. ¿Me entiendes, Luis? Darme por vencida. Hacerme a la idea de que nunca existió. Pero luego me parecía injusto. ¿Recuerdas cuando nació? Fuimos cuatro veces a la maternidad, y otras tantas nos mandaron de vuelta para casa. Yo hasta suplicaba que me ingresaran. Solo a la quinta me hicieron caso y fue más un acto de piedad que de protocolo médico. ¡Un día y medio para dar a luz! ¿Era posible? Muchas veces he pensado en ese sufrimiento. Un dolor extremo y, sin embargo, siempre lo he recordado con una sonrisa. Ni siquiera me hizo efecto la epidural. Estaba exhausta. ¿Recuerdas cómo lloraba? Era por el agotamiento, ¡lloraba de cansancio! El dolor no me importaba. Es un sentimiento extraño. Siempre he echado de menos sufrir así, ¿puedes creerlo? Con el tiempo lo he comprendido, creo. Era un sufrimiento con un objetivo. Sí. ¡Iba a ver a mi bebé! Es una situación única en la vida. Un corrillo de médicos, enfermeras, celadores…y tú. ¿Recuerdas los aplausos, las felicitaciones? Todos sonreían mientras nuestro pequeño aspiraba las primeras bocanadas de vida posado en mi regazo. Éramos solo tú y yo al llegar. Y después fuimos tres.

Se queda callada unos segundos, como degustando ese recuerdo y luego sigue:

—Lo que decía es que sufría por algo maravilloso. ¿Recuerdas su piel? ¿Su olor? Yo sí, yo lo recuerdo como si lo tuviera en brazos ahora mismo. Al principio veía sus fotos y solo pensaba en el dolor de no volver a verle. Me resultaba insoportable. Después, empecé a obligarme a pensar en lo afortunada que había sido por tenerle, por haberle acunado, por haber contado las estrellas de la constelación de Orión en aquella acampada en el Pirineo, por haber guardado sus dientes en una bolsita bajo su almohada y ver su carita al día siguiente con el regalo del Ratoncito Pérez, por haber adornado juntos el árbol de Navidad, por haberle cantado canciones y haberle contado cuentos, por oír su voz llamándome, por sentir sus abrazos, por haberle visto reír como si el mundo fuera perfecto. Conseguí darle la vuelta. Me costó, pero lo conseguí y verle, aunque sea en fotos antiguas, me reafirma en que un día viví una vida plena, Luis. Necesito recordarme a mí misma que un día fuimos felices.

—Hace demasiado tiempo de eso, Arantza— le corto porque no me parece justa del todo en sus apreciaciones—. Hace tres años y medio del accidente, tres de nuestro divorcio, pero hace mucho más de ese tiempo maravilloso del que hablas. Creo que quieres mentirte a ti misma, no recordarte una felicidad pasada. Quieres fingir que todo era fabuloso, pero no lo era.

Arantza me mira, contrariada.

—Antes hemos hablado de verdades— prosigo—. Hay una verdad que es un precipicio y no queremos ni asomarnos. Ni tú ni yo. Lo tapamos con capas de excusas, lo escondemos debajo de la alfombra, en un lugar inaccesible. Yo lo oculto en cajones, tú lo camuflas con retratos antiguos. Puedo comprenderte, Arantza. Los dos lo evitamos de maneras diferentes, pero el fin es el mismo. Obviar una etapa dolorosa. Yo he intentado borrar el recuerdo. Por supuesto, no lo he conseguido del todo. Tú solo lo disfrazas. Lo cortas a tu conveniencia. Es una media verdad y las medias verdades también son mentiras. Son realidades cortadas a medida. Un traje de sastre que te sienta como un guante, ¿no es así? Una ilusión, un sueño hecho realidad. Un día fuimos felices, tienes razón. Eso es cierto. Pero esa verdad que nos une y nos separa a la vez está ahí latente por mucho que queramos mirar hacia otro lado. No juzgues mi manera de desviar la mirada. Es una técnica nada más, como otra cualquiera. Como la tuya.

—¡Ya basta!— exclama Arantza. Ahora me da la espalda, mira por la ventana.

—Arantza, no te juzgo, pero dime, ¿cuántas fotos tienes de él a partir de los diez años? Sí, ¿cuántas desde aquel día en que te llamó puta?

—¡He dicho que ya basta!

Furiosa, se da la vuelta. Sin mirarme, sale del salón con paso brusco y gesto airado. Oigo abrir y cerrar la puerta del baño y el clic del pestillo.

Nunca se nos dio bien hablar. Nuestras diferencias se convertían en discusiones sin desenlace. Uno u otro salía huyendo del problema, encerrado en el baño o dando un portazo al salir de casa. Sobre todo, encerrados en nosotros mismos. Cuando los ánimos se calmaban y el agua volvía a su cauce, una falsa normalidad se apoderaba de la rutina y los días volvían a pasar uno detrás de otro, como si fuéramos enemigos en épocas de tregua. Sin acuerdos, sin negociación, las decisiones se seguían tomando, cada uno por su cuenta. Recogíamos, cada cierto tiempo, los frutos de esa anarquía en la que vivíamos. Frutos que no habían sido regados con la dedicación suficiente y que habían madurado bajo un sol inclemente y tormentas de granizo.

Si quiero vencer a mis demonios debo enfrentarme a ellos. No puedo huir esta vez ni dejarles que se escondan. Debo llamarles por su nombre.

Me levanto y me dirijo al baño. Toco a la puerta.

—Arantza, sal. No pretendía hacerte daño. Sal y hablemos. No sé qué has interpretado exactamente. Cuéntamelo. Lo siento si te he hecho sentirte mal.

Creo que es la primera vez que le pido perdón de verdad. Se lo pido sintiéndolo de veras y la sensación es casi adictiva. Le he pedido perdón un millón de veces durante nuestro matrimonio e incluso antes, cuando éramos novios. Perdona, se me ha hecho tarde. Perdona, se me ha olvidado recoger la tarta en la pastelería, iba pensando en otras cosas y se me ha ido, lo siento. Perdona, no estaba escuchando, ¿qué decías? Perdona, no recordaba que hoy habíamos quedado con tu amiga Clara y su nueva pareja, ¿podrías ir tú sola? A mí me quedan aún muchas cosas por terminar. Ah, ¿qué era mañana la reunión con el tutor de Asier? Perdóname, se me había olvidado por completo y tengo que ir a Madrid, perdona. Perdona y perdona. Mil perdones sin fondo. Nunca le pregunté cómo se sentía y a mí tampoco me importó demasiado. Yo ya había pedido perdón y eso tenía que ser suficiente.

Oigo de nuevo el clic del pestillo. Ella sale cabizbaja y me mira con ojos tristes. Nunca se nos dio bien hablar, pero hoy voy a conseguir que lo hagamos.

—Cuéntamelo— insisto—. Dime qué te ha hecho enfadar.

—Simplemente, que no entiendo a dónde quieres ir a parar.

—¿A qué te refieres?

—No, Luis, ¿a qué te refieres tú? Dices que hay una verdad que es un precipicio, me dices que disfrazo no sé qué. ¿Qué estoy disfrazando? ¿Qué estás guardando tú?

Su tono es duro. Recapacito porque tengo que exponerlo de manera clara y aséptica. Es difícil cuando te toca tanto el corazón. Es de nuevo una cuestión de verdades. ¿Y si no es una realidad lo que trato de exponer? ¿Y si es solo mi verdad? ¿Mi verdad de ahora? No recuerdo cómo era exactamente mi verdad de antes. ¿En qué momento cambia una verdad? Me aturullo mientras ella espera, de pie, con la puerta del baño ya cerrada tras de sí, mirándome fijamente, con los brazos cruzados y el mentón levantado.

Con mis manos agarro los extremos de sus brazos en cruz. Acomodo la curva de las palmas a sus codos y con un apretón suave le digo, por fin, lo que siento:

—Nuestro hijo fue el mejor de nuestros sueños y la peor de nuestras pesadillas. Asier nos distanció, Asier fue el epicentro de nuestro sufrimiento durante siete años. Por eso guardo las fotos en un cajón, no quiero recordar aquello, no quiero recordarlo a él.

—¿Qué? —Arantza me mira incrédula—. ¿Qué estás diciendo? ¿Que la culpa de todo es de Asier? ¿Que nos divorciamos por él?

De un movimiento brusco, descruza los brazos y se deshace de mis manos, vuelve al salón. Yo le sigo. De pie junto a la ventana, me mira de forma inquisitoria.

—Tengo ese día grabado a fuego en la memoria —arranco—. Todo empezó a torcerse desde ese día. Las primeras malas notas, la primera falta de respeto. ¿O es que no te acuerdas? Suspendió cinco. Con diez años. ¿Cómo se pueden suspender cinco con diez años? Le castigaste sin jugar a la Nintendo, pero él se revolvió y fue corriendo a coger el mando. Tú fuiste detrás de él y se lo quitaste de las manos. ¡Eres una puta! Eso te dijo, ¡con diez años! ¿o se te ha olvidado? Claro que no se te ha olvidado, por eso te has enfadado antes. Porque te he recordado algo que prefieres obviar y hacer como si nunca hubiera pasado. Pero no solo pasó eso, pasaron muchísimas más cosas. ¿Quieres que te las recuerde, Arantza? O prefieres correr un tupido velo y acordarte solo de cuando nació, de cuando volvimos los tres de la clínica donde habían aplaudido su nacimiento y nos habían felicitado. Sí, felicidades por dar a luz a un monstruo. Recordar la acampada en el Pirineo, las vacaciones en Tenerife, su sexto cumpleaños en Disneyland París. Sí, todos esos momentos. Recuerda esos y olvida todo lo que pasó después si quieres. Olvida también cómo te lanzaste a los brazos de un héroe sin capa, con camisas almidonadas y un Rolex falso mientras todo a tu alrededor se hundía. Abandonaste el barco. Me dejaste solo, aunque seguías durmiendo a mi lado. Es así, como lo cuento yo. Perdimos el control de nuestro hijo y con él, el de nuestro matrimonio. Es un hecho. Es la verdad.

—¿Cómo puedes ser tan inmaduro? Después de todo lo que hemos pasado, ¿tu resumen es que la culpa es de nuestro hijo? ¿Tanto le odias? ¿Es eso? ¿Por eso no tienes fotos? ¿Porque le odias?

—No, no le odio, Arantza.

—No le odias, pero le culpas de todo. Quizá yo esconda una parte de mi vida que me trae recuerdos excesivamente dolorosos, no lo niego. Tampoco puedo negar que ciertos comportamientos de nuestro hijo nos distanciaran aún más, seguramente también sea así. Pero no soy tan necia como para convencerme a mí misma, y muchísimo menos a nadie que quiera escuchar la historia de mi vida, de que el responsable de mi desdicha es mi propio hijo. Y eso es precisamente lo que estás haciendo tú. ¿De verdad piensas que un niño de diez años es totalmente consciente y responsable de sus actos? ¿De verdad crees que tú y yo éramos meras víctimas de un ser perverso y despiadado cuyo único fin era hacer el mal? Escúchame bien Luis, la mayor víctima de toda esta historia es Asier y no te confundas, él no fue el verdugo de nuestro matrimonio, sino nosotros. Sí, Luis. Tú y yo.

CAPÍTULO 9

Me siento en el sofá, inspiro profundamente al tiempo que cojo mi taza de café y observo el cerco que ha dejado sobre la bandeja. Tomo un pequeño sorbo del líquido tibio mientras miro al vacío.

Arantza, que se había vuelto a mirar por la ventana en silencio —quizá ahogando un llanto, tal vez buscando una tregua—, se gira de nuevo hacia mí. Sé que me observa, aunque yo no la mire. Continúo con la taza a milímetros de mis labios, la acerco y alejo de mí mientras doy sorbitos a intervalos. La poso de nuevo y me sirvo un poco más de café. Tomo dos terrones de azúcar que desenvuelvo con manos temblorosas y los deposito, con ayuda de la cucharilla, en el interior de la taza. Me sacudo con parsimonia algunos de los granos que han quedado entre mis dedos y, después, remuevo el líquido negro, humeante, mientras veo cómo los bloques blancos, que parecían tan sólidos, se van deshaciendo rápidamente. Como mis convicciones, que se diluyen hasta perder su forma, hasta fundirse totalmente en otra textura incierta.

—¿Más café? —le pregunto a Arantza en tono conciliador.

Ella se acerca, el rostro más calmado, y se sienta junto a mí, tras el gesto femenino de estirar su vestido por la parte trasera.

—Sí, por favor.

—Azúcar a tu gusto —le paso la taza una vez servida, arrastrándola suavemente por la bandeja.

—Sigues siendo tan ordenado y limpio como siempre —me dice con una sonrisa—. Esta manía tuya de tomar el café apoyando las tazas dentro de la bandeja para no manchar la mesa…debo reconocer que al principio de nuestra convivencia lo odiaba, me resultaba absurdo e incómodo. Pero ahora que te veo haciéndolo siento cierta nostalgia.

Yo sonrío levemente por toda respuesta y durante unos minutos, permanecemos en silencio, uno al lado del otro, con la mirada perdida al frente, como pasajeros en un tren. Dos desconocidos que intercambian palabras cordiales, esperando su parada para apearse en un andén de cemento, frío y sórdido, mientras sus pensamientos divagan al ritmo del traqueteo que los acuna para calmar sus miedos, sus ansias y, tal vez, llenarlos de esperanza.

—Hubo otros momentos.

Arantza habla, aún con la mirada perdida y se toca el lóbulo de la oreja derecha. Cuando piensa en algo, cuando se sume profundamente en un recuerdo o en una reflexión, siempre juguetea con su lóbulo, siempre acaricia sus pendientes de perla —siempre han sido de perla, una piedra redonda y de tamaño medio, a veces con engarces, de circonitas o incluso de diamantes, otras solitarias, pero siempre perlas—, en otras ocasiones, bajo el mismo hechizo, gira uno de sus anillos como si se tratase de un tornillo sin fin: el de su comunión, que aún llevaba en nuestras primeras citas, el de un regalo especial con mi primer sueldo, el de compromiso, el de cualquier capricho, el de nuestros votos…, ahora no reconozco el que lleva: uno solo, en la mano derecha, que queda casi a la altura de mis ojos mientras ella sigue jugueteando con su lóbulo y su perla. Es un anillo fino, de oro blanco, con un pequeño zafiro de un azul claro, casi transparente, rectangular, cuyas aristas redondeadas parecen sin embargo cuchillos que me infligen cortes superfluos, pero dolorosos. ¿Se lo habrá regalado él? Entonces, ¿por qué lo sigue llevando si ya no están juntos? Las heridas me escuecen como un rasponazo que me levanta la piel, como un pequeño corte en el dedo con una hoja de papel.

—¿Qué quieres decir? —insisto ante su nuevo silencio.

—Antes de aquel día, el de las notas, hubo otras cosas. Pero tú no estabas. Estabas muy ocupado, seguramente de viaje, o aún en la oficina, eso no lo recuerdo.

—¿Qué cosas?

Ella se toma un tiempo prudente, ni demasiado largo, ni demasiado corto. Solo el justo y necesario para escarbar en su memoria y encontrar un ejemplo claro.

—¿Recuerdas que Asier tenía buen comer?

—Claro —se me escapa una sonrisa ante un recuerdo inesperado—. Sería difícil olvidar cómo comía queso azul en aquel hotel de Alicante cuando no tenía ni dos años. ¡Cómo le miraban todos! Algunos se acercaban para asegurarse. "¿Está comiendo queso azul? Pero ¿cuántos años tiene?".

—Exacto —ella también sonríe, aunque con un deje melancólico—. Comía de todo, siempre estaba dispuesto a probar. Algunas cosas no le gustaban, pero nunca había excusas para no probar algo nuevo. Un día, sin embargo, cuando estaba en quinto, el año de la debacle de sus notas — era un día de fiesta, puede que fuera el día del profesor o la semana de Pascua, no lo sé. Tú estabas trabajando fuera, en la oficina, así que no era un festivo normal — estaba sola con él en casa y le preparé unas lentejas. Él sabía lo que había, me vio haciéndolas, y ya sabes, siempre las había comido bien, es más, le gustaban mucho, ¿recuerdas? Pero ese día, según le puse el plato sobre la mesa, me dijo que no las quería. Al principio pensé que era una cabezonería, una tontería de niño de diez años e intenté convencerle de buenas maneras. Le dije que siempre le habían gustado, que las había hecho *amatxu* con mucho cariño para él porque sabía que le encantaban. Él siguió obstinado en no comerlas e incluso empezó a gritar, "¡No las pienso comer! ¡No quiero! ¡Hazme otra cosa!" Estaba exageradamente airado, rojo, fuera de sí y yo era incapaz de comprender, en ese momento, qué estaba ocurriendo. Y, cuando me acerqué a él, medio confusa, medio asustada, y le acaricié el pelo para intentar calmarle, se puso en pie de un salto, cogió el plato, que estaba a rebosar, lo vació sobre la mesa y lo estampó contra los azulejos de la pared.

Arantza ya no se toca el lóbulo. El recuerdo la remueve por dentro y ahora, ansiosa, se retuerce las manos.

—¿Y qué hiciste?

—Limpiarlo, ¿qué iba a hacer? Él se fue a su cuarto a encerrarse. Le preparé por si acaso un poco de arroz, pero no quiso salir hasta bien entrada la tarde.

—¿Le castigaste?

—No.

—Otra vez callas —digo en voz alta, aunque sin plena consciencia, es una crítica feroz que se me escapa—. Es tu estilo, callar. Está mal, pero tú callas. Cierras los ojos y sigues adelante con una vida medio rota, llena de parches que se van despegando, primero por las esquinas, hasta que se sueltan casi del todo si se mojan un poco y, para remediarlo, solo pones otro encima y otro más, y al final se caen todos de golpe y dejan al descubierto una infección que no tiene cura. A veces, Arantza, las heridas deben sanar al aire libre, picar un poco, pero tú no las dejas. Maldita sea.

Ella se mira sus manos, mientras sigue retorciéndolas cabizbaja.

—Siempre fuiste demasiado blanda —prosigo—. ¿Por qué no le castigaste?

—Estaba preocupada —dice después de un suspiro breve y enérgico—. Llevaba un tiempo viéndolo reaccionar de esa manera. No sabía cómo actuar. Ya le había castigado alguna vez, pero daba igual, era incluso peor.

—¿Había reaccionado así más veces? ¿Cuándo? ¿Por qué no me dijiste nada? —tantos hechos, tantas verdades nuevas me desconciertan, precisamente ahora, precisamente en el momento que atravieso.

—Sí, te lo dije, pero te dio igual.

—No me lo dijiste, lo recordaría perfectamente. ¿Cómo podría olvidar que mi hijo de diez años estampara un plato contra los azulejos de la cocina?

—Porque no te lo conté así. Pensaba contártelo todo. Fue pocos días después, yo había estado dándole vueltas a su comportamiento en los últimos tiempos. Tú estabas en casa, en el despacho, trabajando, era tarde. Yo ya había acostado a Asier. Me acerqué, toqué la puerta, entré y te pregunté si te quedaba mucho para terminar, que tenía algo importante sobre lo que hablarte. Al oír esas palabras te giraste como un resorte, dejaste de mirar la pantalla, de teclear como un poseso, incluso te quitaste las gafas. Hasta me ilusioné. Aún recuerdo la luz. Era una noche clara, con luna, y un haz plateado se colaba tímidamente entre las cortinas hasta mezclarse con la luz amarilla de tu flexo y el reflejo azulado de la pantalla. Sí, recuerdo esa mezcla de colores suaves, que envolvían tu traje de lana fina. Ahí estabas, dispuesto a escucharme, por fin. La corbata de seda sobre el respaldo de la silla, los primeros botones de la camisa desabrochados, girado hacia mí con tu rostro en penumbra y sujetando las gafas con tu mano derecha, sobre la que descansaba tu mentón interrogante. "¿Qué ocurre?", me preguntaste. Tu tono de preocupación parecía salvarme de la mía porque pensé, tonta de mí, que lo resolveríamos juntos. "Me preocupan las reacciones de Asier, últimamente tiene rabietas, como si fuera un niño de dos años, está insoportable, ya no sé qué hacer". Esas palabras te dije, más o menos, sí, algo así. Pensaba que te levantarías de la silla, que iríamos

> juntos al salón y tendríamos una charla, o que tal vez se te ocurriera un plan: hablar con sus profesores, contratar un psicólogo, tratar de descubrir los motivos de su comportamiento... Contuve la respiración unos segundos, tragué saliva. Como si fueran a darme la nota de un examen difícil, como si fuera la sentencia de un juicio en el que estuviera en juego mi libertad, o el resultado de una prueba diagnóstica que comprometiera mi existencia. Pero no fue lo que esperaba. "Bah, son fases. Es un chaval de diez años, ya está en la edad del pavo, no te preocupes.", me dijiste, y volviste a girarte y a seguir con lo tuyo. Yo cerré la puerta con sigilo y me metí a la cama, lloré largo rato hasta que, exhausta, me dormí en soledad. Por eso no te lo conté así, Luis. Tú no me diste la oportunidad.

Su mirada es un reproche. Pero no un reproche airado. Es un lamento triste, lejano. Es como un boomerang lanzado hace tiempo que vuelve con más fuerza y sin remedio y que nos golpea a ambos porque no fuimos capaces de prever la trayectoria. Lo arrojamos sin técnica, sin cálculo, pero con vehemencia. Es lo que ocurre siempre con los actos. Los actos tienen consecuencias. Me pregunto cuántas decisiones tomamos sin darnos cuenta. Cuántos asuntos importantes se nos escapan por determinaciones sin fundamento. Eludimos la comprensión de lo más básico y nos complicamos en lograr un reconocimiento inútil, una retahíla de pertenencias materiales, un amasijo de posesiones vacuas e inertes en las que proyectamos unas ilusiones tullidas, débiles, con una inconsistencia flagrante sobre la que pretendemos apoyarnos si en algún momento perdemos el equilibrio. Y después, cuando nos precipitamos al vacío, tampoco hay nada que amortigüe el impacto, nada que nos sujete, porque bajo nuestros pies solo hay un abismo infinito, desolador e inasible.

Sí, recuerdo ese día. Recuerdo incluso algunos de los datos del informe. Las ventas no paraban de crecer, los márgenes eran escandalosamente insuperables. Mis comisiones estaban disparadas y en mi cabeza un pensamiento eclipsaba los demás: el poco tiempo que iba a tardar en pagar la hipoteca de nuestra nueva casa. Podría comprarme un coche mejor sin que nuestra economía se viera lo más mínimamente resentida. Sí, aquel día tomé la decisión de comprarme el Mercedes. Fue ese mismo día. Esa misma noche.

El lamento de Arantza me mira, entre regañón y compasivo. Se me acerca y me acaricia una mejilla, me hace un gesto de resignación y me da una palmadita en la espalda. Sé que me acusa, sé que ya no tiene remedio. Ahora mi razón se tambalea un poco y la duda, quisquillosa y despiadada, le intenta soltar las manos de un asa de hierro a la que se agarraba hace tan solo unos minutos con una fiereza bárbara y convencida.

—Dices que hubo más cosas, ¿qué cosas? —pregunto, por fin, otorgándole la victoria.

—A ver...— ahora gira su anillo, mientras intenta poner orden a una secuencia antigua— hubo también un día en el supermercado...habíamos ido a hacer la compra y sus galletas estaban a punto de acabarse. Recuerdo que yo tenía un examen al día siguiente y solo iba a coger cuatro cosillas básicas para pasar el día, tenía mucho que repasar aún y fuimos al súper del barrio, el pequeñito, el que era de Inés. Fui con él directamente cuando salió del colegio para perder el menor tiempo posible. Él iba contento, con su mochila a la espalda, el gorro de lana que le hizo mi madre y cuatro rizos asomando por debajo junto a las sienes. Recuerdo que al ir a recogerle le vi rodeado de sus amigos, charlando despreocupadamente mientras se hacían bromas unos a otros y advertí lo mucho que había crecido en los últimos meses. Ya no era mi bebé. Sentí un poco de pena y también mucho orgullo. “Ya es un hombrecito”, me dije. Le vi cómo se despedía de sus compañeros, y me sorprendí al ver sus andares desgarbados, las manos en los bolsillos, algunos de sus gestos indolentes al contarme su día. Qué mayor se estaba haciendo —hace entonces una pequeña pausa, en la que cambia incluso la voz al pasar de un recuerdo dulce a otro casi envenenado —. Entramos en el súper, saludamos a Inés, Asier apenas con un gesto de la cabeza, lo que me hizo reprenderle. Le dije que debería ser más educado y amable y mirar a las personas a los ojos. Él soltó un bufido, nada más, y puso cara de asco. Yo busqué rápidamente lo que necesitábamos y le pregunté si se le ocurría algo más. De haberlo sabido no se me habría pasado ni por la imaginación preguntar. "Galletas" me dijo secamente. Fui al pasillo correspondiente y elegí unas doradas normales, de las que habíamos tenido en casa infinidad de veces, y, al depositarlas en la cesta me dijo: "No, esas no. Quiero otras, las de Tosta Rica". No me pareció una petición excesiva y miré en las baldas del pasillo para comprobar si había, pero no, no quedaba ni un solo paquete, tan solo la etiqueta del precio en el borde de la balda, cubierta por un plástico grueso. Le sugerí coger otra marca, pero él estaba empecinado en que fueran esas. "Pero Asier…no podemos comprar las Tosta Rica porque no hay". "He dicho que quiero Tosta Rica. Podemos ir al hipermercado grande que está de camino a la ciudad, junto a la carretera, ahí seguro que tienen", insistió. Me negué rotundamente porque tenía aún mucho que repasar y no podía perder el tiempo de esa manera para ir a comprar unas galletas. Ya te imaginas, Luis, lo que Asier proponía suponía entonces volver a casa, coger el coche, volver a salir…y ya sabes cómo son las colas en los hipermercados…era demasiada molestia por una simple caja de galletas. Sin decir ni una palabra más, pero visiblemente enfadada, cogí el carro para acercarme a la caja y pagarle a Inés y, cuando solo había dado dos pasos, oí un estruendo a mis espaldas. Un ruido de botes y cristales, de cajas de cartón volando y golpes encadenados uno tras otro, algunos sordos, otros chirriantes. Me giré, mientras seguía oyendo el ruido, que parecía no tener fin, y vi a Asier, furioso, vaciando estanterías enteras. Lo hacía arrastrando su brazo a lo largo de todas a las que llegaba, al tiempo que un sinfín de cajas de galletas, botes de crema de cacao, paquetes de cereales, envases de bollos industriales, paquetes de azúcar y frascos de mermelada se estrellaban estrepitosamente contra el suelo formando una montonera tan sádica como el rostro de nuestro hijo.

Cuando Arantza termina su relato, deja de mirar al frente para hacerlo directamente a mis ojos, esperando mi reacción. Estoy guardando toda esa información en el sitio adecuado, buscando la fecha, el lugar y tratando de ubicarme a mí mismo. ¿Dónde estaba yo? ¿Qué hacía? ¿En qué pensaba? ¿Realmente vivía con esas dos personas? Me siento más bien como un vecino despistado. Sí, como alguien que te encuentras en el ascensor y te habla del tiempo, alguien con quien intercambias cuatro frases educadas y superfluas mientras haces tintinear las llaves de casa, con prisa por llegar a tu piso y librarte de la obligación de sonreír y simular interés.

No es que nada me sorprenda excesivamente, todo encaja perfectamente con lo que ocurrió después. Es simplemente la sensación de llegar tarde, la insidiosa impresión de haber contribuido de manera irreparable sin siquiera darme cuenta. Como si hubiese clavado el pico de una uña sin querer al acariciar una pompa de jabón.

—¿Algo más que deba saber? —pregunto— Aunque ya sea tarde…

—También faltó dinero algunas veces, poco, claro. Cinco euros, diez euros…En la casa antigua, cuando vivíamos en el pisito junto a la avenida, en varias ocasiones eché de menos algunos billetes pequeños y monedas que dejaba en el aparador de la entrada. ¿Recuerdas que te pregunté más de una vez a ver si lo habías cogido tú?

—Sí, alguna vez —en efecto, lo recuerdo. Y recuerdo también el desdén de mis pensamientos después, pero no lo digo. Me siento cruel y mezquino. Pensaba que Arantza no sabía ni lo que hacía, que era desordenada y dejada. Un auténtico desastre.

—Dejaba ese dinero por si tenía que bajar a hacer una compra rápida, o para dar propinas si pedíamos una pizza. Al final, el único remedio que encontré fue dejar de hacerlo. A Asier le pregunté si había sido él, claro. Intenté enfocarlo como si lo hubiera necesitado para algo. “Haz memoria, igual lo has tenido que coger para comprar algún cuaderno o para un material de Plástica. Quizá lo cogiste para comprar algo de merienda porque no había nada que te gustara en casa". Pero nunca lo reconoció.

Me quedo pensativo un rato. Dice que ya le había castigado alguna vez. Sí, bueno, ya me conozco yo los castigos de Arantza. Para empezar la voz. No se puede poner un castigo con voz de madre melindrosa. Hay que imponerlos con voz firme, y mantener la firmeza. Aunque mejore el comportamiento. Un castigo es un castigo. Ya he visto yo sus castigos. De la mitad ni se acordaba y la otra mitad se los levantaba en cuanto el niño le hacía cuatro arrumacos. Fui testigo en el incidente de la Nintendo, aquella vez que la llamó puta, y en un sinfín de lances en años posteriores, cuando Asier tenía más edad y más maldad. No mantuvo ni uno. Otra fuente de discordia. Nunca se nos dio bien hablar. Nunca analizamos honestamente aquello. Solo hubo palabras de despecho y portazos. Y mientras nos alejábamos el uno del otro, Asier salía triunfante por la puerta grande. Él era capaz de manipularla a su antojo: un par de besos, algún piropo inesperado y ya la tenía en el bote. El enfado de Arantza se esfumaba ingrávido por una rendija colosal y palpable. Sin embargo, se mantenía impertérrito en lo que a mí respectaba. Arantza solo era capaz de mantener su firmeza conmigo.

De modo que no voy a preguntárselo, ¿para qué? Ya he sido testigo de la mecánica del juego en innumerables ocasiones. Ahora ya solo me interesa conocer cuándo se movió la primera ficha de la casilla de salida. Ella me oculta algo, lo noto, quiere llegar a decírmelo o, más bien, quiere que yo lo adivine para variar.

—Arantza, ahora ve al grano. Todo da vueltas alrededor de quinto curso, de sus diez años. ¿Hay algo antes de eso?

—No que yo recuerde. No algo evidente, desde luego.

—Y entonces, ¿qué crees que ocurrió? ¿Por qué cambió de la noche a la mañana? ¿Qué le afectó tanto como para dejar de ser ese niño dulce que miraba las estrellas en el Pirineo?

—No lo sé, Luis. No estoy segura. Seguro que no es solo una cosa.

—Callas de nuevo. Supongo que por nada bueno. Imagino que en tu cabeza el culpable soy yo o algo que yo hice, o tal vez algo que me ocurrió a mí. Puede que tengas razón. Si me das muchas pistas lo acabaré adivinando, pero ¿por qué no pruebas a decírmelo directamente? ¿Qué importa quién tenga la razón? Ya nada tiene remedio. Ya nuestro hijo yace bajo tierra. Ya no somos nada de lo que éramos y no podremos volver a serlo. Yo no estaré tampoco en unos meses. Puesto que has venido a aclarar todo lo que aún se esconde tras una manta gruesa y polvorienta, ya sea con una intención generosa o egoísta, ¿qué importa eso?, hazlo de una vez por todas, pero hazlo con mano firme. La verdad no entiende de acertijos.

CAPÍTULO 10

Arantza asiente con resignación. Sopesa su respuesta con cautela. Gira su anillo mientras sus codos reposan sobre sus muslos y sus antebrazos descansan a lo largo de sus pantorrillas.

> —Creo que todo empezó poco antes de mudarnos, cuando te ascendieron.

Así que ella piensa que fue eso...mi ascenso...Siento una rabia histérica. Rebota dentro de mí de un lado a otro intentando salir por la boca. Quiere hacerme chillar y perder el control, pero los héroes modernos tenemos armas más refinadas y sutiles. Los gritos de guerra son antiguos y, aunque eran muy útiles para alentar a las masas y contagiar la adrenalina a obedientes soldados, no me ayudarán en nada si lo que quiero es avanzar en este sinuoso camino hacia la derrota de mis demonios.

> —Eres muy injusta. Quizá sea cierto en parte, quizá todo coincidió, pero ¿cómo puedes intentar hacerme responsable de todos los fallos de la educación de nuestro hijo? ¿Mi ascenso y la mudanza le afectaron

tanto que lo convirtieron en un dictador y en un maleante? Creo que fundamentalmente fueron cosas positivas. ¡Por Dios, Arantza! ¡Me maté a trabajar por vosotros! ¡Por los tres, vaya! No deberías olvidar que gracias a mi empleo tú no tuviste que trabajar durante un montón de años. Incluso podrías no haber trabajado en absoluto. Pero mi esfuerzo y mi sacrificio te dieron esa opción. Pudiste dedicarte en cuerpo y alma a sacar esas oposiciones, obtener el puesto que siempre habías soñado, dedicarte a tu hijo cuando nació. ¿Qué crees? ¿Crees que yo no habría preferido quedarme con vosotros en casa cuando volvimos de la clínica? Pues sí, lo habría preferido, te lo juro. Arantza, erais mi sueño, aunque quizá no lo demostrara tanto como debía. Asier y tú erais todo para mí. Me preguntabas antes si recordaba el día de nacimiento de Asier. ¿Crees que podría olvidarlo? Recuerdo todo. Recuerdo incluso el miedo que pasé por ti. Sentía un miedo atroz de que pudiera pasarte algo o de que algo fuera mal con el bebé. Pero tenía que mostrarme seguro por ti. Aun con todos mis miedos, desesperado por llegar a casa y abrazaros, yo salía todos los días temprano por esa puerta para daros lo mejor. Todo lo mejor que pudiera sacar, aunque eso significara comer un sándwich frío en una gasolinera o conducir durante horas por carreteras heladas visitando polígonos industriales en medio de la nada, o incluso terminar informes dando cabezadas sobre el teclado del ordenador. Aguantar desplantes, solucionar mil problemas, resolver todos los conflictos con mis superiores, con mis clientes y aun así llegar a casa con ilusión. ¿Has visto cuántas mujeres se ven obligadas a escoger entre su vida profesional y la personal? ¿Y cuántas de ellas ni siquiera tienen la opción de elegir? Tú pudiste hacerlo, Arantza. Tenías claro qué tipo de trabajo querías, algo tranquilo sin grandes responsabilidades, con buen horario. Y lo tuviste. Querías tener familia y poder cuidar de tu hijo mientras fuera pequeño. Y lo tuviste. Y, en parte, fue gracias a mi sacrificio. Yo no, yo no pude elegir porque tú habías elegido ya. Yo me veía bajo la responsabilidad y la presión de daros lo mejor. Y ahora, ¿qué ocurre? Que no era suficiente. Era necesario ganar lo bastante como para manteneros sin problemas, era necesario tener una chica en casa para que tú pudieras estudiar tranquila, pero también era necesario que yo no trabajara tanto. Era necesaria una casa más grande, y si tuviera un pequeño jardín ya sería maravilloso, pero también era necesario que te ayudara con las plantas y lo cierto es que al final resultó ser tan grande que era casi imposible mantenerla limpia. ¿Cómo se entiende eso? Y, por supuesto, no solo debía comprenderlo, sino que, más bien debía adivinarlo, porque eres incapaz de decir las cosas abiertamente, siempre con devaneos entre lo que deseas y lo que es factible, lo que crees que debes pedir y lo que es lícito que demandes, lo que sueñas y lo que estimas que mereces. Es imposible seguir tu mente. Y ahora la culpa es mía porque me ascendieron y porque nos mudamos de casa. ¿No te das cuenta de que es una locura? ¿No ves que no tiene ni pies ni cabeza? Dime lo que tengas que decirme, reflexiona bien, analiza. Volvemos a lo mismo, a razones sesgadas. A proyectar la culpa sin piedad. ¿Es eso justo, Arantza?

Arantza, se recuesta abatida en el sofá, con la espalda sobre el respaldo, pero la barbilla casi apoyada en su esternón.

—Arantza, eras tú la que quería una casa más grande, eras tú la que quería llevar a Asier a un colegio privado, eras tú la que quería ahorrar para que fuera a la mejor universidad. ¿Y cómo íbamos a conseguirlo si yo no me dejaba la piel en ello? ¿Cómo íbamos a hacer todo eso con un sueldo normal? ¿Crees que ese tipo de vida lo puede llevar cualquiera? ¿Y cómo crees que se hace? ¿Cogiendo una chistera y diciendo abracadabra? Dios, a veces me pareces una niña pequeña, todavía al arrullo de una familia que te protege, aunque tengas treinta, treinta y cinco o cuarenta años. No tenías que preocuparte por nada. Tus deseos eran órdenes para mí. Tenías todo: ropa bonita, tu espacio, tus aficiones, tu trabajo, tu niño, tus reuniones sociales…y de mientras

¿yo qué? Yo trabajando como un cabrón para daros la vida de tus sueños.

Arantza emite un bufido irónico y con una sonrisa burlona menea la cabeza con un gesto de negación. Se incorpora enérgicamente del respaldo del sofá, se pone en pie y replica:

—Todavía no lo entiendes, ¿verdad? Eres de los que piensa que la felicidad se compra con dinero, ¿no es así? ¿Qué hay de malo en desear una casa más grande o un jardín o un coche potente? ¿Por qué no se puede luchar por dar la mejor formación a un hijo? Por supuesto no hay nada de malo. Yo deseaba todo aquello mientras te acariciaba la espalda por las noches cuando me desvelaba y tú ya estabas dormido, mientras recopilaba fotos para álbumes llenos de recuerdos, mientras cantaba canciones de cuna a nuestro hijo, mientras le leía cuentos o le ayudaba con los deberes, mientras cogía los bajos a tus pantalones chinos, mientras buscaba recetas fáciles y diferentes para sorprenderte o mientras te agarraba de la mano cuando paseábamos junto al mar. Lo deseaba como un objetivo tangencial, algo paralelo a un camino más importante, el de nuestra vida en común. Dime Luis, en todo ese tiempo que compartimos, ¿cuántas veces prestaste atención a los pequeños detalles? ¿Cuántos de ellos recuerdas? Tu medías tu existencia en función de tus logros, nada más. Tu felicidad era la suma de la colección de elementos que te elevaba en la escala social. ¡Qué tristeza, Luis! ¡Qué poco nos comprendimos! Yo no quería una casa más grande, o un coche mejor o que mi hijo hablara cinco idiomas y estudiara en la mejor universidad. No, si todo eso significa perder lo realmente importante. ¿Para qué quiero una casa grande si está vacía? ¿Para qué un jardín con flores si no puedo compartir con nadie tumbarme a la sombra un día de verano? ¿Y un coche? ¿Para qué? Si mi acompañante se ha quedado en casa terminando un informe. ¿Un hijo con conocimiento, pero sin el afecto de su padre? ¿Para qué? ¿Un hijo que huya, que se rebele, que busque límites porque está perdido en un mar infinito y da brazadas sin rumbo? ¿Qué más da si es un genio en matemáticas o sabe tocar la guitarra si no es capaz de dar un beso a sus padres cuando llega a casa?

—Arantza, ¿ahora te desdices? ¿Ahora ya no quieres vivir en la urbanización de tus sueños? Sí, esa que me señalabas invariablemente cuando íbamos a pasear por la playa los domingos de sol. Tomabas nota de los teléfonos de todas las que alguna vez se ponían en venta, aunque luego nunca llamabas. Solo me preguntabas cientos de veces: Luis, ¿te imaginas vivir en una de esas casas?, son grandes, y tienen jardín. Veríamos la playa desde la terraza. Nos levantaríamos por la mañana y veríamos salir el sol en el horizonte. En verano, los días de calor, podríamos dormir con la ventana abierta y que nos atrapara el sueño entre el murmullo de las olas. Llenaría el jardín de rosas y azucenas, y colgaríamos un columpio para Asier. Yo me pasaba el día haciendo cuentas mentales, pensando en los precios, en la hipoteca, buscando el momento oportuno, siendo comedido, pero permaneciendo atento. Y cuando por fin se presenta el momento óptimo y tomo las riendas de un sueño ajeno, el tuyo, resulta que lo desprecias.

—¡Ese es precisamente el problema, Luis! —Arantza me grita, se acerca y me lanza un dedo acusador— Tú la compraste. Sin decirme nada. Fue romántico, debo reconocerlo, pero, ¿qué hay de mí? ¿Es que yo no pintaba nada en todo aquello? El día de mi cumpleaños, Luis, el día de mi cumpleaños. Como en una peli de amor. Vaya suerte la mía. Asier estaba con mis padres porque íbamos a salir a cenar a un restaurante al que tenía ganas de ir desde hacía tiempo, pero tú anulaste la reserva a mis espaldas. Una sorpresa, claro. Entonces, todo vale. Me vendaste los ojos y salimos de casa. Yo estaba emocionadísima, aunque no tenía ni idea de qué podría ser. Me vino a la cabeza una fiesta sorpresa en la playa. Empecé a notar el olor a salitre y me alegré de no haberme puesto medias si tenía que acabar bailando descalza sobre la arena. De pronto me cogiste por los hombros para que me detuviera, te pusiste delante de mí y me guiaste hacia mi derecha. Oí una llave en una cerradura y una verja abriéndose con un ligero chirriar de goznes oxidados, después, un camino empedrado que me hizo perder el equilibrio en un par de ocasiones bajo mis tacones altos y tras recorrer una decena de metros, unos escalones y de nuevo el sonido de otra llave y otra cerradura. Una puerta pesada, que se abría lentamente y ya en el interior silencio. No había fiesta. Me quitaste la venda y miré a mi alrededor, sin comprender aún. ¿Te gusta?, me preguntaste. Sí, mucho, Luis. Es muy bonita. Es tuya Arantza, he comprado la casa que querías. De pronto me pareciste un extraño. O me pareció que yo era una extraña para ti. No habías entendido nada. No sabías lo que era amar a una persona y compartir una vida. Yo no había ido a ver esa casa. Solo porque estuviera en la urbanización, ¿se supone que era la que yo quería? Era bonita, sí, es bonita. Y con el tiempo le di la personalidad que en ese momento era incapaz de encontrar. No podía sentirme en casa en una casa que no era la mía. Todo tiene un proceso. Entrar, buscar los espacios, imaginarse en ella, encontrar un rincón solitario, redecorar las paredes atestadas de objetos extraños, recorrer con la vista la luz entre las cortinas, dibujar las sombras, escuchar el sonido de la madera al pisar sobre ella, identificar su olor… Si todo fluye, poco a poco la casa te envuelve y tú comienzas a formar parte de ella. Es necesaria esa comunión. Es como la conexión entre personas. Es inexplicable, es algo que ocurre o no. Es alguna ciencia que no controlamos. De pronto, es tuya. Y me dejaste allí, en medio de un salón extraño, majestuoso y diferente, tan ajeno a mi vida como una nave espacial. ¿No quieres ver el resto? Vamos, no te quedes ahí. Te va a encantar. Sí vamos, Luis. Gracias.

—No te entiendo, Arantza. ¿Me estás diciendo que en realidad no te gustó?

—Te estoy diciendo que no contaste conmigo para comprarla. La compraste para mí sin preguntarme. Compraste una casa sin decirme nada, Luis. ¿Pero de verdad te parece normal? Y ahí estabas tú, como un rey absolutista, ataviado con tus mejores galas, mostrando tu palacio a una campesina. Eras un rey tan ilustrado, que eras capaz de deshacerte de parte de tu fortuna para mejorar el bienestar de tu pueblo. Así eras, Luis, como un rey absolutista. Todo para el pueblo, pero sin el pueblo.

CAPÍTULO 11

De pronto, ella baja el dedo acusador, cierra fuerte los ojos y se lanza a abrazarme hundiendo su cabeza en mi pecho y rodeándome con firmeza. Sin soltarme, se sienta trabajosamente de nuevo en el sofá. Comienza a llorar con vehemencia. Me aprieta tan fuerte que me hace daño y tengo que separar un poco sus brazos de mi torso introduciendo el codo entre ellos con cierta dificultad.

—Ehhh, shhh —trato de calmarla y le acaricio el pelo — ¿Qué ocurre? ¿Por qué lloras ahora?

No entiendo nada en absoluto. Después de semejante chorreo, en el que, para mi desgracia, no le falta razón, se derrumba y cae en mis brazos abatida. Si alguien comprende los mecanismos cognitivos de una mujer, por favor, que me pase un resumen, no me queda mucho tiempo.

Ella continúa un rato más así, con arranques inconsolables, seguidos de lloriqueos más suaves e hipidos arrítmicos.

Por fin, me suelta y se separa lentamente de mí.

—Te traeré un pañuelo —le digo.

Me levanto rápidamente y voy al baño, cojo un paquete y lo llevo de vuelta al salón, se lo extiendo y ella lo toma y extrae uno con manos torpes. Apenas se le ve el rostro, pues tiene el pelo enmarañado sobre la cara. Se suena fuerte y a ratos recae en sollozos más contenidos y, cuando se serena un poco, me mira a través de sus ojos vidriosos, de un marrón caramelo.

—Es solo que...estoy tan triste... Todo ha salido tan mal... —se sigue sonando, como si sus fosas nasales fueran un yacimiento inagotable de amargura—. Y tienes razón cuando dices que siempre he callado. Como si las cosas fueran a resolverse solas. Lo de la casa... no te dije nada porque parecías tan ilusionado... Sé que lo hiciste con buena intención. Y ahora, mientras te lo echaba en cara, veía una penumbra en tus ojos que se me estaba clavando en el corazón. Perdona, no quería hacerte daño. Bastante has sufrido. No puedo creer que esto esté pasando. Ni siquiera me he recuperado todavía de lo de Asier después de tres años y medio. Justo ahora empezaba a salir un poco más, empezaba a recuperar mi vida. Incluso me estaba deshaciendo de cosas que no necesitaba en absoluto y a tomar el control. ¡Estaba volviendo a ser yo misma! Y ahora esto. Lo siento tanto...Me da vértigo pensar que en unos meses no estarás aquí. Y dirás: ¿pero si no te he importado en los últimos tres años qué más da ya? Pero, aunque no te haya llamado, aunque no haya venido a verte ni te haya felicitado por tu cumpleaños o por Navidad, sabía que estabas. A veces pasaba por aquí, y veía luz en tu apartamento y era simplemente como si, a pesar de todos los cambios y de la desgracia, aún quedara algo de todo aquello. Era como saber que, si algún día me sentía con fuerzas para escuchar qué pasó aquella mañana de noviembre, tú estarías aquí para contármelo. Y resulta que, de golpe y porrazo, el tiempo se acaba y no sé si estoy preparada todavía. Me devaneo entre opciones igualmente dolorosas: negarme la oportunidad de por vida de saber qué ocurrió o escuchar un testimonio que me parta en dos. Es todo tan injusto...

> Durante todos estos años te he culpado del accidente. ¿Por qué no tuviste más cuidado? ¿Por qué elegiste ese camino tan peligroso? ¿O lo eligió él? ¿Por qué no le sugeriste, entonces, otro sitio? ¿Cómo pudiste despistarte así? ¿Cómo no te dio tiempo a agarrarle? Ahora pienso en lo que has tenido que sufrir tú también. Qué injusta he sido. Y tu soledad... ¿no tienes momentos en que necesitas un abrazo? ¿No añoras despertar con alguien a tu lado? Cuando algo te pasa, ¿a quién recurres? ¿A quién le cuentas las anécdotas divertidas? ¿O tus momentos de miseria?

Me encojo de hombros y no digo nada mientras ella me mira con ese dolor del alma que le zarandea la barbilla. Es un dolor rojo chillón, que también le ha coloreado cómicamente la punta de la nariz y las mejillas.

> —Lo siento tanto, Luis...— vuelve a abrazarme y se acurruca bajo mi axila mientras yo acaricio su brazo torpemente— Esto no puede estar pasando.

Dibujo un montón de líneas imaginarias sobre la manga suave de su vestido. A veces, mi mano sube un poco y juguetea en los surcos de su cuello y de su cara. Son itinerarios conocidos, sendas resbaladizas con señales que memoricé hace mucho tiempo. Busco el hueco de su clavícula, el mentón fino, los pómulos marcados, la nariz respingona...toco también el lóbulo, la perla y el laberinto de su oreja diminuta y deshago de nuevo el camino para volver al brazo largo y aún firme.

Ella está hecha un lío. Yo también.

Quiere que le cuente lo que pasó aquel día, pero no tiene fuerzas para escucharlo. Yo no tengo fuerzas para contarlo. Son solo salpicaduras de mi mente. Coletazos. Solo recuerdo el día plomizo, desapacible. Un muchacho con una sudadera gris y unas botas de monte. Tiene frío. Pasea despreocupado. Le acompañan una mirada retadora y un tono burlón. También un padre perdido. La tierra está húmeda y sus botas, las de ambos, se hunden en ella en un caminar pesado. Hay nubes bajas y plúmbeas, cargadas de agua. Al andar, algunos puntapiés involuntarios levantan guijarros que se precipitan por la ladera y chocan contra los pedriscos y el musgo. Enseguida, lenguas de mar se abalanzan furiosas hacia el talud y parecen escupir espuma y, al volver, arrastran piedras, ramas y algunos hierbajos.

El muchacho habla con desdén y el padre escucha con hastío. El muchacho se pone el gorro de la sudadera y ladea la cabeza hacia el interior para esquivar el viento. De los extremos del gorro, uno a cada lado de una prominente nuez, caen dos cordones de un gris más oscuro, que se mueven al antojo del vendaval, como el flequillo rizado que asoma en su frente. Otros cordones del mismo tono oscuro se sueltan en las botas del muchacho y se llenan de barro rápidamente. Solo tres o cuatro pasos más y la ligereza de un algodón compacto se vuelve pesada, como una soga, que inflige pequeños latigazos aquí y allá, dejando leves marcas marrones en los pantalones negros de nylon. Deberías atarte los cordones. Eso dice el padre. Y después el muchacho cae al vacío. Como un guijarro tras un puntapié. Casi sin peso. Como flotando. El padre está inmóvil, incrédulo, mientras alarga una mano hacia el muchacho. El muchacho le mira a los ojos en un caer lento y calmoso mientras agita los brazos y las piernas como danzando en el aire. El padre grita, se lleva la mano al pecho. El muchacho hace una mueca de confusión mientras baila en una caída grácil y armoniosa, ejecutando piruetas imposibles. Luego, preguntas. Una tormenta recia. Gotas de gran tamaño que las nubes expulsan despiadadamente. La voz áspera del inspector. Un tumulto y una cinta. No pasar. Pero el padre está ya dentro. Está envuelto en una manta de un tejido basto. Le han dejado sentarse en el borde de la parte trasera de una ambulancia y un joven sujeta un paraguas mientras el inspector garabatea en su libreta. Más personas le hacen preguntas. Una mujer de gafas con el pelo recogido se agacha junto a él y le habla en tono cariñoso. Un hombre le mira las pupilas ayudado por una linterna pequeña y potente. Hay más destellos. Hay relámpagos y hay flashes. El padre llega a casa, se quita la ropa mojada, que deja en el suelo a los pies de la cama y se echa a dormir. Está solo en medio de la oscuridad y el silencio.

CAPÍTULO 12

Parece que Arantza se ha quedado dormida. Alargo el brazo que tengo libre y tomo un cojín de la butaca pequeña y lo pongo junto al reposabrazos del sofá. Me incorporo suavemente, para no despertarla. Primero levantando el brazo izquierdo y metiéndolo entre el respaldo y su costado, después poniendo la palma de mi mano derecha bajo su mejilla, intentando abarcar lo máximo posible de su cabeza. Doy un silbidito cómplice para llamar al equilibrio que me ha sacado de tantos apuros y pedirle que me ayude a levantar mi culo del asiento sin necesidad de apoyarme en nada más. Es un equilibrio obediente y viene corriendo sin rechistar. Su ayuda es fina y eficaz. Dejo a Arantza sobre el sofá, con la cabeza apoyada en el cojín, le quito las botas y la tapo con una manta de lana.

Voy a mi cuarto a consultar el móvil por pura curiosidad. Primero me dice la hora. Las seis de la tarde. Era de esperar. Ya no se ve, a través de la ventana, el nítido cielo azul. Ahora está encapotado y la luz comienza a escasear. Lloverá, con toda seguridad.

Después, me informa de llamadas y mensajes. Solo un par de llamadas perdidas de Ignacio y un mensaje también suyo. Llámame cuando puedas. Espero que estés bien. Un abrazo.

Le mando un emoticono sonriente y le digo que mañana le llamaré sin falta y salgo del dormitorio.

En la cocina, pongo el toldo del colgador a toda prisa y vuelvo al salón.

Me siento al lado de Arantza, en el sofá, y la observo dormir placenteramente. Su respiración, suave y rítmica, me acompaña en un divagar suelto, reflexivo, por el que campo a mis anchas mientras la miro de reojo por si se despierta.

¿Qué debe analizar uno al final de su vida? ¿Qué debe hacer? En ocasiones la vida nos es arrebatada de pronto, sin tiempo de despedidas ni indulgencias. ¿Debería considerarme afortunado? Creo que perdono a Arantza. Sí, lo hago. Tengo una espinita clavada en el corazón, pero me la quito haciendo pinza con mis dedos pulgar e índice y trato de no clavármela de nuevo. La libero con sumo cuidado y, una vez fuera, simplemente separo mis dedos y la dejo caer. Sus ausencias me siguen doliendo. Y su traición. Pero la miro tumbada en el sofá de mi apartamento y veo un aura de arrepentimiento. Es un halo atrapado en lo que pudo ser y no fue. En el tiempo fugaz. En las palabras ausentes. En las miradas insostenidas. En las manos que se escapan.

Por unos días, pensé que ella volvería conmigo. Sí, después de esa desapacible mañana, después de las preguntas, de los flashes, de las llamadas, de la noche en la oscuridad y el silencio. Pensé que ella me pediría que dejara mi apartamento y que volviera a casa. Sí, a casa, a nuestra casa. Pero no lo hizo.

No lo hizo, a pesar de lanzarse inconsolable en mis brazos, a pesar de abrazarme con la fuerza de los primeros años, a pesar de perder el conocimiento del dolor. Un dolor conmigo. Yo recorría entonces, como hace apenas unos minutos, su mentón fino, el hueco de su clavícula, el laberinto de su diminuta oreja, su perla. Y ella dormía, agitada, en mi regazo.

Solo por la posibilidad de recuperar a mi amada, en esos breves instantes, casi bendecía la muerte de mi propio hijo. ¿Es eso humano?

Pero después ella se despertaba y me pedía que me marchara. Lo hacía sin importancia, como algo natural, tras darme escuetas instrucciones u observaciones en relación con el sepelio, o sobre los recordatorios para los familiares. Aún la recuerdo cerrando la puerta, mientras yo, ya fuera, de pie frente a ella, la miraba petrificado. Sin pestañear, rígido y confuso, con un leve atisbo de esperanza mientras ella acompañaba la puerta con los ojos fijos en el suelo. El portazo era frío y limpio, suave, pero desgarrador. Entonces yo rondaba su casa, agazapado junto al jardín, o escondido tras un árbol en la parte trasera, observando mi vida saqueada a través de una ventana. Sí, él llegaba, como lo había hecho yo tantas veces no mucho tiempo atrás, y ella salía a su encuentro. Arantza rodeaba el cuello del hombre con sus brazos y se colgaba de él, zalamera. Él la besaba en la frente con ternura y el tiempo parecía detenerse en ese abrazo conyugal y sincero del que yo me había zafado prematuramente en demasiadas ocasiones.

Incluso si la lluvia arreciaba, yo esperaba pacientemente fuera, sin apenas sentir la humedad. Veía cómo terminaban de cenar en la cocina. Después, la luz del descansillo, la de las escaleras y, por fin, la del dormitorio.

¿Cuándo había empezado todo aquello? ¿Cuándo se había esfumado definitivamente nuestra complicidad? ¿En qué instante había decidido entregarse a ese desconocido? Es tan difícil poner límites… ¿Cuándo empieza realmente la primavera? ¿En qué momento asoma el primer rayo de sol?

Sería ese año, sí estoy casi seguro. El año en que Asier empezó sus clases de guitarra con aquel músico. Qué bien lo hacía. Tocaba con un gusto innato, con una pericia que sólo podía corresponderse a un don natural. Sorprendentemente, Arantza, siempre tan dispuesta a satisfacer a nuestro hijo, no quería gastar tanto dinero en un profesor particular. Pero yo le oí tocar en la fiesta de cumpleaños de mi madre. ¿Cómo había podido ser ajeno a eso? ¿Cómo no le había oído tocar nunca? ¿Dónde estaba yo cuando ensayaba? ¿Trabajando? Sí, estaría trabajando, ¿dónde si no?

Luis, son treinta y cinco euros la hora. Es mucho. Es solo una afición. Eso me dijo Arantza.

Por una vez, iba a ser yo quien sucumbiera a los caprichos de Asier y no Arantza. Y la cagué.

La guitarra me parecía una oportunidad de que nuestro hijo se centrara. Llevaba años renqueando con las notas, plantándonos cara constantemente, con una actitud indolente, como si la vida misma le asqueara, como si nosotros le diéramos asco. Cuando le vi tocar la guitarra, me pareció que se autotransportaba a otra dimensión. Entornaba los ojos y toda su fuerza parecía concentrarse en unos dedos virtuosos que rasgueaban las cuerdas de una forma casi mágica. Como una bailarina haciendo piruetas sobre sus zapatillas de puntas. No las tocaba, las acariciaba. Y con su música nos hablaba de amores heridos y de refugios ocultos, de promesas sólidas y también de nostalgia. A ratos cantaba con una voz melosa que embalsamaba el ambiente y lo cubría de un manto de desahogo y esperanza. Una nueva ilusión por la que él lucharía. También un nexo de unión, algo por lo que interesarnos todos. Conversaciones durante las comidas que, por el momento, se desarrollaban casi en silencio. Algunas sonrisas, por fin, en rostros tensos.

Sí, sería ese año. El año de los nuevos amigos de Asier. El año en que comenzó a salir por las noches, también con esos amigos nuevos. Noches en que llegaba tarde. Tarde y borracho. Como una cuba. A veces olía a orín, y un cerco oscuro delataba su entrepierna. Otras a marihuana y el rastro le acompañaba, mientras subía por las escaleras dando tumbos, y se instalaba en su habitación como una neblina densa.

Discutimos muchas veces, él y yo. En nuestras trifulcas, las palabras se escapaban de nuestras bocas y llegaban a nuestras manos. Entonces, los gritos se convertían en puñetazos y nuestra casa, en un territorio hostil, donde en cada batalla perdíamos todos. Arantza lloraba aturdida, descompuesta en una desesperación sin mesura, acurrucada en una esquina, e imploraba, completamente alienada, misericordia.

Sí, sería ese año. Nos llamaban del colegio o de la Ertzaintza para contarnos una historia inverosímil en la que Asier era, invariablemente, el protagonista. Como en una tragedia griega en que no puede haber final feliz. Numerosos actos en que se levantaba el telón y unos u otros exponían la situación: una fiesta con alcohol, una batalla campal a pedradas contra coches de la policía, un allanamiento para una fiesta de jóvenes en un apartamento que solo se habitaba en verano, un pequeño alijo de drogas en un bolsillo... Y se bajaba siempre de la misma manera: en forma de guillotina que, con su cuchilla afilada y larga nos iba cortando, en rodajas, la felicidad.

Sí, sería ese año.

CAPÍTULO 13

Ahora Arantza parece no encontrar postura. Se revuelve, gira el cuerpo hacia el respaldo, ahueca el cojín casi con violencia, pero con los ojos cerrados, resopla, estira la manta y se tapa hasta el cuello, recoge las piernas y vuelve a estirarlas. Finalmente, se incorpora levemente en el respaldo, parpadea con suavidad, bosteza tímidamente y otea su alrededor hasta que se encuentra conmigo sentado junto a ella. Entonces me regala una sonrisa de ojos entrecerrados y hombros encogidos.

—¿Estás mejor? —le pregunto.
—Sí.

Fuera ya se oye el caer intenso de una lluvia gruesa y el cielo fragmentado ofrece un color triste, de un gris apagado.

—Ya ha anochecido —digo en voz alta sin saber por qué.

Ella se revuelve en su sitio, confusa, como si no entendiera una observación tan evidente.

—Ya —asiente con el ceño fruncido —, ¿pasa algo?

Lo cierto es que sí pasa, y yo, que hago gala de ser honesto y directo, me escabullo en palabras vacías con significados velados. Ella los intuye y, por una vez, cambiamos los papeles.

—No, nada. Simplemente estoy cansado.
—¿Quieres que me vaya? —ofrece ella en tono franco.

Me quedo pensativo analizando la propuesta. Intento llegar a una conclusión, pero camino con dificultad en una incertidumbre que me tambalea de un lado al otro. Como si el "sí" y el "no" fueran excesivamente categóricos y no existiera nada en medio. Buceo en mi interior en busca de una verdad inmediata y sin consecuencias, pero me desconozco tanto que saco la cabeza y no respondo a la pregunta sino a una necesidad improrrogable:

—Necesito descansar. Estoy agotado, Arantza.

Ella ladea la cabeza y esboza una sonrisa comprensiva, se acerca a mí, me acaricia por encima de la frente, en mi más que incipiente calva, levantando mechones colocados estratégicamente que me dejan al descubierto. Después, me mira a los ojos y baja su mano hasta la mejilla y finalmente desciende hasta la mandíbula. Me la sostiene, sin peso, unos segundos, para hablarme a continuación en un tono melifluo:

—Tengo una idea. Puedes negarte, por supuesto. Si quieres que me vaya, me iré y te dejaré tranquilo. Pero, ¿qué te parece si vas a dormir un rato y yo me encargo de la cena? Yo no tengo prisa, me he pedido el día libre mañana.

No hay mucho de cena, pero para Arantza eso nunca fue un problema. Es capaz de hacer un menú de cinco estrellas con un poco de pasta, cuatro puerros y una zanahoria. Descansar. Es en lo único que pienso ahora. Puedo descansar y dejarme cuidar un rato. Es una buena idea. Muy buena idea.

Descansar y, cuando me levante, tener la cena preparada. Sí. Descansar. Me estoy muriendo.

Asiento por toda respuesta y nos incorporamos más o menos a la vez. De pie, uno frente al otro, rodeo su cintura y le doy las gracias. Ella me sonríe de nuevo y me aprieta contra sí. Vamos juntos a la cocina, cojo un vaso de agua y la dejo poniéndose un delantal.

Mi habitación está en penumbra. Fuera sigue la lluvia, a intervalos intensos e intermitentes y, más lejos, el rumor del mar se ha convertido en un rugido furioso. Oigo también el viento entre árboles desnudos y algunos golpes de ventanas mal cerradas.

Me pongo el pijama, aunque no tenga pensado dormir mucho. Quiero estar cómodo y ligero. Engullo mis pastillas con un trago generoso de agua y me tumbo boca-arriba en la cama con los brazos en cruz sobre mi pecho, sin taparme, imaginando mi estampa tras mi muerte.

Es una sensación de gran desasosiego. Me asalta un miedo demoledor de no parecer yo mismo. Como ocurrió con Asier. Llamaron del tanatorio para pedirnos que lleváramos ropa. Se encargó Arantza. Cogió una camisa blanca de lino de cuello mao y unos pantalones chinos de color beige, la ropa que había llevado a la Comunión de su primo, en la primavera de ese año. Cuando le vi tumbado en el majestuoso ataúd de madera maciza, forrado de seda blanca, me costó reconocerle. Entre los rasguños de la cara, a pesar del maquillaje, el peinado un poco diferente, con la cara más despejada y la raya bien hecha, y la ropa seria, tan diferente de los vaqueros rotos y las sudaderas de deporte que solía llevar, simplemente no parecía él. Recuerdo que me acerqué a la vitrina, la ventilación hacía que le ondeara el pelo suavemente, y me pareció un universitario pijo al que habían dado una paliza al volver de una fiesta en una residencia.

Recuerdo el ambiente en la pequeña salita, con aquella vitrina en medio, como una exposición macabra. Personas dando vueltas alrededor de su cuerpo inerte, ladeando sus cabezas, escudriñando la muerte desde diferentes ángulos. Algunas se acercaban a nosotros, lanzaban besos al aire apoyándose en nuestras mejillas o nos daban una mano dura y firme. Decían palabras sin sentido: “lo siento”, “te acompaño en el sentimiento", "era un gran chico". ¡Qué coño sabrían ellos!

Las sillas de tapicería verde dispuestas como en un cine de barrio iban ocupándose alternativamente por esas personas que entraban y salían, giraban en torno a mi hijo mientras una mampara separaba con decisión el mundo de los muertos y el de los vivos, y se dirigían a mí como si yo fuera capaz de sentir pena, como si estuviera abatido, cuando, en realidad, me sentía aliviado.

¿Quién iba a entender que yo sintiera que me había quitado un peso de encima?

Yo miraba aquel cuerpo expuesto y me parecía un ser extraño, alguien a quien no conocía. ¿Quién era? Tampoco las palabras le hacían justicia. Se acercaron a mí algunos de sus profesores. Sí, esos que nos habían llamado en innumerables ocasiones para contarnos, con voz severa, sus fechorías. De pronto, se mostraban afectuosos y evocaban algún recuerdo dulce o, al menos no tan amargo, quizá alguna anécdota, tal vez alguna respuesta ingeniosa tratando de eludir un castigo. En definitiva, cualquier cosa que le hiciera parecer más humano y menos monstruo. Como Arantza había hecho con su ropa, ellos lo hacían con su insolencia. De modo, que delante de ella y de mí, pasaban besos al aire, apretones firmes, disfraces variopintos, de invierno y de primavera, algunos de un estío olvidado y todos aderezados con un porrón de almibarada fantasía para que el recuerdo de nuestro Asier fuera, en adelante, lo menos parecido posible a la realidad.

En aquellos días de melancólica incertidumbre, me sorprendí a mí mismo, sin embargo, derramando lágrimas inesperadas. Algunas de ellas, sanadoras y reconfortantes, se aferraban a la tierna esperanza de arreglar las cosas con Arantza. En esos momentos, me embargaba la emoción imaginándome de nuevo con ella, abrazándonos con deseo o recuperando la ilusión por el futuro. Pero, la mayoría de las veces, eran lágrimas inquietas, fruto de una indescriptible desazón interior, de un corazón desbocado y de un sentimiento de culpa, infundado o no, cuyo origen no era capaz de discernir. Como un disco rayado se sucedían en mi memoria, sin descanso, las imágenes de aquel día gris, del muchacho, del padre, del acantilado y de las miradas confusas. Después, el cuerpo de un extraño en la vitrina del tanatorio y los recuerdos ajenos de palabras dulces y comportamientos ensalzados.

Esas imágenes ocupaban mis días y mis noches, mi consciencia y mi inconsciencia. Me hacían dudar de mi cordura, me sumían en una profunda tristeza y entremezclaban, sin clemencia, la realidad y la imaginación.

No, yo no quiero que ocurra conmigo lo que ocurrió con Asier. Quizá disponga, ahora que aún estoy lúcido, que el último adiós no sea de cuerpo presente. No me atrae la idea de exponer mi cadáver como en una feria. Un saco de huesos carcomido por una enfermedad cruel, devastadora. Unos ojos cerrados que simulen, en un estado de sueño, la peor de las pesadillas. Si alguien decide venir a despedirse de mí, quiero que vean a Luis, no una imagen anodina con mis facciones y mis imperfecciones. No les dejaré ponerme un traje y una corbata. Elegiré algo cómodo y me sacaré unas fotos con mi sonrisa melancólica: así soy yo. No soy un tipo divertido, ni siquiera soy un gran tipo. Soy así, más bien pausado, serio, a veces indolente. Soy comprometido, ordenado, poco hablador. Me gusta lo auténtico, aunque no sea lo mejor. No necesito fingir, tampoco que me adulen. Tengo pocos amigos, pero también son auténticos. Sí. Nada de cuerpo presente. Una foto fiel, eso bastará. Lo dejaré escrito. Mi última voluntad. Ahora necesito descansar. Sí, descansar. Me estoy muriendo.

CAPÍTULO 14

Poco a poco, el sueño me atrapa. Siento un poco de frío y me tapo. La suavidad del edredón me envuelve en su textura mullida, cálida y ligera. La tensión de mis músculos se va relajando. Dejo mi mente libre, la medicación me ayuda. Solo somos química. Una química misteriosa de partículas y hormonas, y de conexiones caprichosas.

Imágenes oníricas se agolpan en mi cerebro, unas tras otras, unidas por esas conexiones incongruentes que confeccionan historias imposibles y sensaciones auténticas.

Hay un jardín, no es el de nuestra casa, pero en mi sueño sí lo es. Es algo extraño, es un hotel rústico, gigantesco, con cabañas de madera rodeadas por un verdor casi selvático. Pero para mí, es mi casa. Estamos Arantza y yo. Ella no es mi mujer, pero me quiere. Todo esto simplemente lo sé, sin explicación. También sé que Asier no está, que no ha llegado aún y que estará divirtiéndose en algún lugar de esa selva espesa inexpugnable. Hace calor y algo de viento. El cielo no es azul, pero Arantza toma el sol. Yo, sin embargo, estoy unos metros detrás de ella, bajo una sombrilla, y consulto las noticias en mi teléfono móvil. Ella lleva unos *leggings* negros y una camiseta de tirantes. No le veo la cara, pero sé que lleva puestas sus gafas de sol de cristales azules. Algunos mechones se han escapado de su cola de caballo y fluyen con una brisa fina con olor a salitre. Estamos tomando un desayuno que yo he preparado: café y tostadas, y un poco de zumo.

Siento una felicidad contenida. También un poco de miedo. Estamos esperando a Asier, pero yo no quiero que llegue. Consulto obsesivamente un reloj de pulsera que tengo puesto, pero no es mío. Tiene unos números gigantes y el segundero hace un ruido machacón que me incomoda. El tiempo va pasando lentamente a mi favor. Quizá no vuelva. Ese pensamiento anida en mi mente. Entonces el miedo se va disipando poco a poco. Soy capaz de sentir una calma que se impone. Somos solo ella y yo. Somos todo: la luz, el cielo, las nubes, la brisa, los rizos ondeantes, los cristales de las gafas y el olor a café fuerte y a pan y a sal marina.

El cielo comienza a abrirse y las nubes se alejan dejando paso a un azul intenso brillante, arrebatador. El reloj se para. Todo es silencio y paz.

—¿No te parece esto la felicidad? — le digo a Arantza.
Y ella asiente, sin decir nada, agitando enérgicamente su cola de caballo.
—Me encanta este silencio, el cielo azul, ver tu pelo ondeando con la brisa— prosigo.

Ella entonces, no hace nada, ni dice nada. Se mantiene estática, rígida.

—¿A ti? ¿Te gusta a ti, Arantza? —insisto.

Y de nuevo ella asiente, con violencia.

Noto algo extraño. Le falta esa candidez habitual. Aunque briosa, siempre le acompaña un deje casi pueril e ingenuo que en este momento echo en falta.

—¿Arantza? ¿te ocurre algo?

Ella niega ahora, también con vehemencia, también sin palabras.

—Arantza, mi amor, me estás preocupando, ¿qué te pasa? Arantza, mírame, por favor.

Entonces ella gira su cuello, lentamente, mientras yo espero ver sus ojos, descifrar su comportamiento extraño, aferrarme a esa felicidad que ahora se tambalea. Ella apenas mueve su torso. Tan solo gira el cuello, con una languidez impropia de ella. Su cola de caballo está tensa, los mechones sueltos no ondean.

Algo va mal, parece no tener rostro, solo soy capaz de ver una sombra. El torso sigue mirando al frente mientras el cuello parece no terminar de girar nunca.

De pronto, el giro es completo, y la cara de Asier me mira retadora mientras un cuerpo se precipita al vacío y cae la lluvia. Todo se desvanece y solo quedo yo, asustado, mientras unas gotas gruesas empapan la tierra a mi alrededor y hacen que me hunda en el fango. Yo intento salir, luchando con una fuerza que no tengo; mis brazadas son débiles y yo soy un pelele que naufraga en el barro. De pie, al borde del lodazal, me observa el inspector, que me hace las mismas preguntas con su voz áspera, sin inmutarse, garabateando en su libreta, mientras el barro alcanza mi boca y escupo lodo y un joven sostiene, tras él, un paraguas negro.

Me despierto, sobresaltado, agitado, con el corazón a mil. Me incorporo casi de un salto. La luz plateada que atraviesa las cortinas de mi habitación me devuelve algo de aliento. Ya no llueve. Un olor delicioso se cuela por las rendijas de la puerta de mi habitación y me inunda los sentidos. Inspiro profundamente, tratando de que el aroma empape también mis tejidos, casi que me haga suyo, desde la punta de mi nariz hasta el extremo de mis pies, y tal vez así, aplacar una mente indómita y traicionera.

CAPÍTULO 15

Son las ocho y cuarto. Aún en pijama camino los tres metros escasos de pasillo que me separan de la cocina. Ahí está Arantza, enfrascada en su receta. La observo a través de la puerta entreabierta mientras escucho el chof chof del fuego lento. De nuevo, abre y cierra cajones, acerca una silla, se sube a ella, abre las puertas de los armarios altos de la izquierda, hace una pequeña mueca de fastidio y vuelve a bajarse. Mueve la silla y se sube otra vez para abrir los de la derecha, de donde saca la caja de la batidora. La examina con atención y trastea en el interior en busca de algún accesorio adecuado. Elige unas cuchillas gruesas, monta el cuerpo de la batidora encima, quita la sartén del fuego y se dispone a verter su contenido en una cazuela de acero inoxidable que ha dejado sobre la encimera. En ese momento la interrumpo:

—Arantza.

Ella da un bote que le hace perder la estabilidad del pulso y derrama parte de una salsa grumosa de color ocre. Corro a ayudarla. Busco una bayeta, pero me muevo torpe y avergonzado, un poco temeroso de su reacción. Ya no la conozco tanto como antes, o ya no recuerdo bien cómo reacciona cuando ocurre algo así o, más bien, nunca me he fijado.

—Por Dios, ¡pero qué susto me has dado!

—Lo siento Arantza…yo…lo siento, no pensé que te asustarías tanto—le digo ya con la bayeta en la mano, dispuesto a limpiar el pequeño desastre.

—Tranquilo, solo se ha caído un poco. Deja, deja, ya lo hago yo.

—Huele estupendamente. Son albóndigas en salsa, ¿no? —digo buscándolas con la mirada ya que solo veo la salsa.

—Sí, bueno, he hecho lo que he podido. No tienes casi nada. ¿De qué te alimentas? Ni siquiera tienes vino blanco, pero bueno, como ya lo sabía, antes de ponerme a cocinar me he aventurado a intentar conseguir un poco. Me ha dado tu vecina de enfrente. Es muy agradable.

—¿Quién? ¿Dora? —pregunto extrañado.

—Sí, ella. Eso es, Dora, ese es el nombre que me ha dicho. Ha sido muy amable, incluso me ha hecho pasar dentro y me ha ofrecido café. No he tomado, claro, no sé ni cuántos llevo ya hoy. Tiene una casa muy bonita, y es una estupenda jardinera, tiene hasta orquídeas naturales, con lo difícil que es cuidarlas y mantener la flor. Me ha enseñado también los maceteros del balcón y de las ventanas. Lo tiene todo precioso. Por cierto, me ha dicho que no es necesario que le devuelvas el vino, pero estoy segura de que aceptaría de buen grado un ramito de flores. Le encantaría, aunque sea uno de margaritas. Acuérdate, ha sido muy atenta conmigo. ¡Qué suerte tener vecinos así!

Arantza me habla como cuando estábamos casados. Me lanza parrafadas de pensamientos mientras trajina en la cocina. Si no fuera porque estamos en mi apartamento, pensaría que todo ha sido un mal sueño y me alegraría de ver que todo sigue como siempre. Y lo de Dora…increíble. En los más de tres años que llevo viviendo aquí no habré cruzado más de cuatro palabras seguidas con ella, ni siquiera en el ascensor.

Siempre tan huraña, con ese ceño fruncido… y llega Arantza, le toca la puerta para pedirle un poco de vino blanco y la invita a pasar y le enseña sus flores. Incluso le invita a café. En fin. ¿Qué le habrá dicho? ¿Que es mi exmujer? Puede ser, solo por eso es posible que ya le haya caído bien. De todos modos, Arantza siempre ha sido buena con la gente, no como yo. Qué distintos somos. ¿Cómo pudimos acabar juntos? Ella es puro sentimiento. Yo un pensador, o más bien, un calculador. Soy justo lo contrario: puro pragmatismo. Vale o no vale. Sí o no. Lo que ves es lo que hay. Quizá por eso mismo la elegí, para paliar mi falta de tacto incluso conmigo mismo. Para mimarme un poco. Para tener la certeza de que alguien me entiende cuando ni yo me entiendo. Para llenar de palabras bonitas los silencios… ¿O me eligió ella a mí? Quizá me viera perdido en mi mundo, demasiado realista, y vino en mi auxilio para dar un toque de magia y de color a un planeta plano y gris. Aún conservo el regalo que me entregó por el primer cumpleaños que compartimos: una edición preciosa de "El Principito". Cuando lo abrí, sentado frente a ella en un pequeño restaurante, no pude disimular mi chasco. Por supuesto, ella se dio cuenta, pero me sonrió con condescendencia, como si supiera de antemano cuál iba a ser mi reacción, y me agarró fuerte de la mano. "Léelo, recupera el niño que hay dentro de ti".

—¿No vas a cambiarte? —Arantza interrumpe mis pensamientos señalando mi pijama.
—Sí, perdona. De hecho, venía a decirte que iba a darme una ducha.
—Perfecto, yo termino esto enseguida.

Entro en el baño y abro la ducha. Mientras espero a que el agua se caliente, me desnudo rápidamente y, a continuación, me observo en el espejo. ¿Quién diría que estoy tan enfermo? Incluso a mí me cuesta creerlo. Delante de mí hay una figura cansada, pero una sonrisa es capaz de cambiarla por completo. Ensayo. Me miro, primero, serio. Entonces, hay un cuerpo desgastado, demacrado. Delgado, sí, pero no en forma, de la palidez de la cera, de contornos flácidos. Venas marcadas. Una gravedad que se mofa de pliegues que luchan por mantenerse erguidos, pero caen rendidos. Surcos que atraviesan un rostro grave y anuncian su edad como los anillos de un tronco milenario, con solemnidad. El cabello escaso y gris, sin brillo, sin gracia. Ojos profundos y hundidos.

Ahora cambio, y sonrío. Los surcos se desvanecen, como si una gota de jabón cayera en medio de un recipiente con aceite. Así, el rostro brilla y se compacta. Los ojos son pequeñas luciérnagas vivarachas, y el cabello, el reflejo de una luna de plata. Los pliegues parecen elevarse y sonreír también. Incluso la tez se ilumina. El cuerpo se llena entonces de un vigor pujante, y crece. Ese es el poder de una sonrisa.

El agua caliente es un bálsamo que me acaricia y un capricho al que sucumbo. Quince minutos. Ese rato me permito. Mientras el agua masajea mi cuerpo, rememoro el aroma del guiso de Arantza y sus palabras, que me envuelven en una cotidianeidad nostálgica. Siento que la sonrisa no se va de mi cara, nace dentro de mí y me invade. Hasta me siento vivo al borde de la muerte.

Al salir, me doy cuenta de que no me he traído la ropa. Lanzo mi imborrable sonrisa al espejo para que me disculpe por mi despiste, pero un manto de vaho lo cubre por completo. Salgo envuelto en una toalla, procurando que Arantza no me vea, y en dos zancadas estoy en la puerta de mi habitación. Dentro me cambio. Me pongo algo bonito pero informal. Una camisa y unos pantalones de sport, de color azul oscuro y tacto aterciopelado. Me miro satisfecho en el espejo de la habitación y le comento en confianza que hacía meses que no me veía tan bien. ¿No es irónico?, añado. Una vanidad juguetona me mira y me choca la mano y me recuerda que me eche mi perfume favorito. Vaporizo Terre d'Hermes con alegría y sin escatimar. Después, junto a la puerta, mis manos tiemblan al agarrar el picaporte, que suelto de inmediato. Inspiro y contengo la respiración, como si me asaltaran los nervios de una primera cita, para después, exhalar con fuerza y salir con determinación.

CAPÍTULO 16

Vuelvo a asomarme a través de la puerta entreabierta de la cocina. La mesa está puesta con un gusto exquisito y Arantza ultima los detalles. Ha sacado la vajilla bonita que me regalaron mis padres—ni siquiera la recordaba y no tengo ni la más remota idea de dónde estaba guardada— y el aroma de su guiso se entremezcla con la delicada fragancia del jazmín de unas velas olorosas. Disfruto de este momento. De verla resolutiva, de esa magia que desprende, de esa inquietud por dar lo mejor de sí misma y buscar sorprender y agradar. Ya se ha quitado el delantal y el vestido de punto delimita su esbelta figura y acentúa su feminidad. Se me escapa una lágrima pensando en lo efímero de esta tregua y en todo lo que he perdido por una mezcla turbia de desidia y orgullo.

Seco esa lágrima díscola y vuelve la sonrisa, dispuesta a instalarse el tiempo que quede. Estoy decidido a entrar y a disfrutar de lo único que el ser humano tiene realmente: el presente.

—Vaya...—lanzo un silbidito de aprobación que eclipsa unas palabras perdidas en el camino. Mi sonrisa perenne se pavonea ante las sombras que titilan proyectadas en derredor al compás de las llamas fatuas y vibrantes. Arantza me mira, divertida, orgullosa. Me acerco a ella con decisión y me atrevo a darle un beso casto en la mejilla.

Ella se sonroja, satisfecha.

—Me alegro de que te guste. Te ha sentado genial la siesta, por cierto. Tienes muy buen aspecto.

Hago un gesto de sorpresa y aprobación y ambos tomamos asiento. Ella sirve un poco de Ardanza, que es el único Rioja que compro, y yo me encargo de la enorme fuente de albóndigas. También hay algo de ensalada y paté y devoro los alimentos con una gula casi pecaminosa. Charlamos del tiempo, de nuestros trabajos, y nos ponemos al día sobre nuestras respectivas vidas, como si realmente fuera una primera cita. Hay miradas ilusionadas y aturdidas, una timidez renovada, un tiento mimoso.

Por un momento me olvido de todo y disfruto de este paraíso terrenal en que, inesperadamente, se ha convertido mi cocina. Me olvido de que estoy enfermo, de que tuve un hijo al que no amé lo suficiente, de que no fui un buen padre, ni tampoco un buen esposo. De que, de hecho, mi mujer me dejó y no fue por nada, sino por otro. Me olvido de las noches en vela y del dolor punzante en el pecho. Ya no hay oscuridad, ni miedo, ni soledad, ya no siento frío. Me olvido de ella en los brazos de él, de un cuerpo cayendo en un acantilado, de los gritos, de los puñetazos. Las llamadas, las notas, las amenazas, las respuestas airadas ya no resuenan en mi mente. Ahora tengo un presente con una sonrisa sincera, con el aroma de una salsa deliciosa y una mujer con un vestido de punto. Vino en las copas. El inconfundible sonido alegre al brindar.

Las palabras hacen eco en un instante envasado al vacío. Se arremolinan en espirales, como la hojarasca en otoño, con sus colores cálidos y su tacto caduco. Y nos enfrentamos el uno al otro como árboles desnudos en busca de abrigo.

La cena desaparece ante mis ojos y el tinto macera presencias y ausencias y adormece una realidad extraña. Risas estridentes se tornan suaves, los miedos e inseguridades se desvanecen. También el dolor huye despavorido, temeroso de un fervor desconocido o no recordado. Así, ella y yo danzamos, primero en una cadencia imaginaria, solo con el pensamiento. Después, la distancia se evapora y tarareo nuestra canción mientras decido, mirando a través de la ventana en la noche gélida y limpia, el punto del cielo que será mi hogar en la eternidad. De pie, nos balanceamos y el latido de mi corazón —fuerte, inmortal— me marca el tiempo. Bailamos. Con su mejilla en mi mejilla. Con el olor dulzón de su aliento oxidado. Con mis brazos rodeando su cintura. Con los suyos colgados de mi cuello.

Mi gozo sigue desafiando a las sombras hasta que estas desaparecen. Ya no hay nada más que ella y yo. Por fin, todo se escapa. Todo se diluye en un yo compartido de nuevo. En un nosotros.

Mi sonrisa busca unos labios, los de ella, que me esperan semiabiertos y expectantes. La melodía es ya tan solo un eco que reverbera en nuestras mentes mientras nuestras lenguas juegan a un juego antiguo, tierno y esponjoso.

Hay un frenesí desbocado, incauto, loco. Hay manos, hay caricias apretadas. Carnes presas de una avidez infinita. Vuela un vestido, vuelan zapatos, los botones de mi camisa se liberan de los ojales. Nuestros cuerpos repelen la ropa como si fueran un campo magnético cuyo núcleo, rearmado y poderoso, hubiera permanecido latente, dormido, y de pronto, reaccionara con toda su furia y el deseo indomable de una atracción que no puede explicarse solo con las leyes de la física.

Volamos también nosotros, de la cocina al dormitorio. La piel ha perdido tersura, pero sigue suave, erizada al paso de manos decididas y melosas. Lanzo a Arantza contra la cama en un grito desesperado por poseerla por última vez y ella, con brillo en los ojos, acoge con una dulzura impetuosa todo el vigor que aún domina mi cuerpo maltratado. Un vigor que se rebela contra medicinas y placebos, contra convenciones y desesperanzas y se presenta con un esplendor vital y soberbio. Yacemos entre susurros y gemidos, entre lágrimas contenidas y placeres eufóricos. Ebrios de gozo. Recorremos nuestros caminos, me hundo en su sexo. Ella toma el mío de mil formas distintas. Somos un revoltijo alterado de ojos entornados y manos ansiosas, de bocas sedientas, de un querer llegar a algo que solo existe en nuestras mentes, una comunión silenciosa, de un silencio rugiente. Y así bebo de su cuerpo brillante con sabor a sal, subo sus montes y me sumerjo en sus valles en una primavera de flores. Busco sus secretos escondidos, y le entrego los míos con humildad. Y en medio de ese placer sublime, me derramo en ella y los tibios efluvios nos embalsaman, acurrucados, abrazados, exhaustos.

CAPÍTULO 17

Pasamos la noche despertándonos a ratos, mirándonos bajo el haz plateado de la luna. Girándonos a un lado y a otro, acariciándonos las mejillas. Pero sin palabras. ¿De qué sirve ahora un "te quiero"? ¿Para qué más "lo siento"? De cuando en cuando, creo ver un puchero en sus labios y en el arqueo de sus cejas, pero no dejo que llore. Ante cualquier conato, la beso con pasión y manipulo sus sentimientos sin maldad. No quiero que llore. Sé que, si lo hace, me hará llorar a mí también. ¿Es egoísta? Puede. ¿Y qué importa? No quiero que nada ni nadie me robe este momento, y menos aún la tristeza. Su pelo ondulado entre mis manos, repasar con la yema de mis dedos el contorno de sus labios, dibujar la curva de sus caderas. Cerrar los ojos, soñar un poco, abrirlos de nuevo, sentirme vivo. Sentir su calor, respirar su olor dulce, recordar.

Siempre he adorado los silencios. Hablar con miradas, con un mohín de la boca. Disfrutar de una quietud compartida, ser cómplice del sosiego. Los silencios son conversaciones puras donde hablan las respiraciones, los suspiros y donde gritan los ojos refulgentes, de un brillo intenso.

A través de la ventana, veo despuntar un alba luminosa, roja y flameante. Es el principio del día, es el fin de la noche.

De nuevo, la tristeza amenaza con arrebatarme el presente que se precipita. Cierro los ojos intentando asir el momento y que no se me escape, como si ese gesto nos sumiera a ambos —a Arantza y a mí— en un letargo dulce y estático, imperecedero.

Un breve sonido del móvil me activa levemente. Un mensaje de Ignacio: "¿Estás despierto?" Cometo el error de abrir la aplicación y el doble tic azul me delata. Entonces mi amigo decide llamarme y Arantza se revuelve incómoda en sueños intentando desembarazarse del sonido irritante del aparato. Aprieto el botón verde y de un salto me pongo en pie, sigiloso, como un depredador, con el teléfono en una mano y alcanzando unos pantalones con la otra. Giro con suavidad la manilla, mientras escucho, como un eco lejano, la voz de Ignacio "¿Luis, estás ahí? Pero di algo, coño".

—Ignacio, sí, perdona, dime —Ya en el salón hablo en un susurro mientras hago equilibrios tratando de ponerme los pantalones.

—Luis, habla más alto joder, casi ni te oigo —dice él, exasperado —¿por qué hablas tan bajo?

—Me acabo de levantar...—me excuso con un tono algo más duro y hablando más alto, intentando modular mi voz para que no sospeche, pero procurando no despertar a Arantza.

—Ay madre...¡no!—Ignacio da un grito que me hace despegar violentamente la oreja del auricular— ¡No me jodas, Luis! ¿Todavía está ahí Arantza? ¿Ha pasado la noche contigo? Pero ¿tú te has vuelto loco?

—Bueno...sí, estuvimos hablando un poco de todo y se nos hizo tarde...—digo esto un poco a la desesperada, consciente de que no tengo escapatoria e Ignacio sabe ya más de lo que yo le pueda contar.

—Ya, venga hombre. Tú te crees que soy gilipollas. Sí, te crees que soy tan gilipollas como tú. Pero no, Luis, tú eres infinitamente más gilipollas que yo. Te has acostado con ella, ¿verdad? Confiesa, cabronazo, y no me vengas con bobadas.

—Si...

—Lo sabía. Joder, Luis, lo sabía. Por eso te llamé varias veces, te mandé mensajes. Oye, tú ya eres mayorcito y no me voy a meter en tu vida. Desde luego estabas avisado, y ahora no voy a ir corriendo a tu casa a sacarte de ahí y llevarte cervezas para amortiguar el hostión que te vas a llevar cuando esa lagarta te la prepare otra vez. Sí, Luis, porque te la va a preparar. Mira, no sé qué cojones quiere esa tía ahora, pero algo quiere, de eso puedes estar seguro, y luego, cuando lo consiga, te dejará otra vez tirado como una colilla o, aún peor, se enrollará con el primer cantamañanas que le cuente cuatro milongas, y lo hará en tu puta cara.

—Ignacio, créeme, no es eso. Esta vez es diferente.

—Luis, tío, es que eres muy tonto. ¿Tengo que recordarte todo otra vez? ¿Es que no lo tienes grabado a fuego? Porque yo sí, eh. Yo me acuerdo de todo. ¿Y, por cierto, dónde está el mamón ese con el que andaba liada?

—Ignacio, no lo entiendes... No tiene nada que ver con lo que estás diciendo. No es lo que tú piensas.

—Entonces, ¿qué es?

La pregunta de Ignacio queda en el aire como una copa de cristal de bohemia, fina y con un ornamento barroco y complicado. A punto de derrumbarse y romperse en mil pedazos con un sonido delicado y, a la vez, descorazonador.

Aquí de pie, con los pantalones subidos, pero sin atar, el torso desnudo, la cabeza bien alta, el amanecer en un esplendor descarado y limpio, los cajones de los muebles del salón repletos de recuerdos escondidos y mi ex mujer de nuevo en mi cama, la voz de mi amigo se me antoja lejana, casi perdida e involuntariamente despreciada. Como si una noche de sexo me otorgara un poder invencible y arrogante. Como si mi inminente muerte fuera un seguro de vida.

Su silencio me conduce de vuelta a la fragilidad de mi existencia y un análisis serio y grave me recuerda que Ignacio es mi amigo. Casi el único, me recalca.

—Perdóname, Ignacio.

—No, si a mí no tienes que pedirme perdón. Tú verás lo que haces. Es tu problema. Pero, como amigo tuyo que soy, mi obligación es recordarte la pedazo de puta que te has follado para que tengas la cabecita bien fría cuando salga por la puerta. Vamos, que me alegro de que folles, pero que no quiero que luego estés hecho una mierda porque la echas de menos. Así que levántala de la cama, dale los buenos días y que se largue.

—Ignacio, escucha...

—Y dale…

—Ignacio, tengo algo importante que decirte, no quiero decírtelo por teléfono, sería mejor hacerlo en persona. Creo que deberíamos vernos cuanto antes.

—Ay, ¡la madre que te parió! No serás capaz de volver con esa zorra, ¿no? Luis, suéltalo ya de una puta vez, ni en persona ni hostias, dímelo.

—Ignacio, no es eso…pero de acuerdo, te lo diré ahora —siento que se me agota el aire, que mi garganta se vuelve estrecha, que mis pulmones están vacíos y se desploman sobre una caverna oscura y opaca—. Ignacio, tengo cáncer… No tiene solución… Me muero.

El resto de la conversación es un batiburrillo de mocos sorbidos, promesas, desplantes lícitos, pretextos y recuerdos mil veces relatados. Hemos quedado en vernos hoy mismo.

—Ignacio, eres muy importante para mí —le digo a modo de despedida y al otro lado de la línea escucho un suspiro emocionado. Al apretar el botón rojo apago también mis excusas: "necesitaba asimilarlo", "pensaba decírtelo cuanto antes", "no quería contártelo por teléfono".

Antes de derrumbarme sobre el sofá asqueado de mí mismo, una ilusión pequeñita y pizpireta trae en volandas mi libreta. La exhibe aleteando en torno a mi nariz por la última página escrita, disfrutona y rebelde, en una algarabía de risas y arrullos.

Me ata después el pantalón y me da una palmadita en la tripa, para que la meta un poco y me yerga. Me coge de la barbilla y la alinea con el cielo, que ya no es rojo, sino de una amarillo claro y sedoso. Ese resplandor dorado me ilumina el rostro y reafirma mi actitud altanera y gallarda, muy del gusto de la risueña ilusión y, entre risas, la acompaño, ufano, a la cocina. Me preparo un buen desayuno. La taza de café bien llena. No hay croissant, pero sí zumo, y con mi bandejita vuelvo al salón y me siento en una butaca junto a la ventana, con la libreta y un boli en la mano, dispuesto a repasar un poquito más de mi vida y continuar, con paso firme, hacia la meta.

Recorro con mis dedos una grafía despreocupada: VENCER A MIS DEMONIOS y, después, la cuidada letra del optimismo —primo hermano de la ilusión vivaracha que revolotea a mi lado— con renglones pulcros y rectos, llenos de esperanza.

- Hacer el amor.

- Ver una buena peli.

- Subir un monte.

- Recuperar una vieja amistad.

- Que me den un masaje.

- Contar un secreto.

- Que alguien confíe en mí.

- Confesar a alguien lo importante que es para mí.

- Disfrutar de la playa todos los días que pueda.

- Releer un libro que me encante.

He hecho el amor, he recuperado una vieja amistad, ¿he perdido otra? No, seguro que no. La ilusión me da un codazo y me guiña un ojo. “Le has dicho que es importante para ti, puedes tachar otro punto”, me dice. He subido el monte Venus, ¿aceptamos Venus como monte? Claro que sí, ¿por qué no? Confieso en voz alta con una risotada. Ver una peli o releer un libro que me encante son aparentemente hitos fáciles, pero me veo en la obligación interna de ser cuidadoso al elegir, sobre todo en el caso del libro. Generalmente en el séptimo arte, el director no solo dirige la película sino también al espectador, al que lleva por una senda de sentido único, por muchos giros que dé el guion. Sin embargo, un libro está plagado de pequeños matices, de confesiones entre líneas. El autor desnuda su alma con trampas colocadas con cautela. El lector se convierte en un elemento vivo que orbita alrededor de la historia influyendo en ella con su propia perspectiva, con el magnetismo de su presencia, como hace la luna con el mar. Los libros nos lanzan mensajes diferentes según la etapa de nuestra vida…tan diferentes como nosotros mismos. Debo elegir bien el libro que quiero releer, puedo permitirme una breve selección, tres como máximo. Necesito mis capacidades a pleno rendimiento, una consciencia calmosa y solemne, pasar la última página y quedarme en paz.

Contar un secreto. Lo leo en voz baja, casi en un susurro y al articular las palabras se me eriza la piel. Contar un secreto. ¿Por qué le dio al optimismo por incluir algo tan espinoso? Tengo pocos secretos y no creo que disfrute contándolos. Sin embargo, sé que es la batalla final, la única manera de vencer a mis demonios. No es optimista, es necesario. Contar un secreto. Lo digo un poco más alto y un escalofrío me recorre la médula haciendo temblar mi cuerpo y mi pensamiento. Contar un secreto. Cierro los ojos. Me sacudo esa sensación molesta como puedo. Meneo con fuerza la cabeza, frunzo el ceño, miro por la ventana con la esperanza de que un rayo me ilumine o me parta en dos. Solo quiero que salga de mí. Me exorcizo mirándome en el reflejo del cristal, abriendo mucho la boca, provocándome una arcada. Nada. Sigue dentro, me acompaña desde hace años. ¡Contar un secreto! Lo grito fuera de mí, como un loco, perdido, enmarañado en brillos matutinos, en dedos largos conteniendo una cordura a punto de abandonarme.

—¿Qué te pasa, Luis?

Me giro al escuchar su voz, la he despertado. Arantza me mira sin comprender, asustada. El pelo ondulado despeinado con gracia, el sexo reciente que dota de rubor sus mejillas, y con una ligera pincelada de temor, de brillo iridiscente sus pupilas.

—Luis, ¿qué haces? ¿Por qué gritas?

Ella sigue sin comprender mientras yo, hecho un ya ovillo sobre la alfombra del salón, sostengo mis pensamientos con mis manos. Arantza, se arrodilla sobre mí e intenta sujetar mis brazos y mis piernas que no me responden ni a ella ni a mí, y bailan una danza maléfica, un ritual casi satánico.

—Contar un secreto. Contar un secreto. Contar un secreto— repito entre hipidos, con los ojos casi fuera de las cuencas, perdidos, medio llorando, huyendo de mí.
—¿Qué secreto? ¿Has tomado tus pastillas? ¿Debería llamar a tu médico? ¿Quién es? ¿Dónde puedo encontrar su teléfono?

Arantza, me mira con dulzura y preocupación, nerviosa. Se incorpora y revuelve sin control todos los cajones de la librería y de la cómoda. Lo hace maquinalmente, sin saber en realidad lo que busca, sin saber dónde.

—¿Dónde? ¿Dónde lo tienes, Luis? ¡Por Dios!

De los cajones vuelan papeles de la declaración de la renta, facturas de reparaciones, manuales técnicos de algunos electrodomésticos, una vieja agenda telefónica, presupuestos de cortinas y de alfombras, las pólizas de los seguros, extractos bancarios...

Y de pronto, todo se oscurece. El secreto me rodea con toda su viscosa penumbra, con una negrura oleosa y pestilente y me ensordece el repiquetear interno de su sonido añejo. Farfullo entonces unas palabras, inconexas al principio, fluidas después. Escucho el relato de mis propios labios, como si yo fuera un oyente extraño, un observador imparcial.

El día gris, el muchacho, el padre. El camino al borde del acantilado. Las botas que se hunden en el barro y dan puntapiés a pequeños guijarros que caen al vacío. Los rugidos roncos del mar, la espuma. El flequillo del muchacho que ondea con el vendaval al compás de los cordones de su sudadera, también gris. Su nuez prominente. La conversación hostil. El muchacho habla con desdén, el padre escucha con hastío: "Yo le quiero más a él que a ti". Eso dice el hijo. Otros cordones, los de las botas del muchacho, se sueltan y pierden ligereza, se compactan, y el lodo los envuelve en su manto de un marrón terroso que salpica, a cada paso, sus pantalones de nylon. "Deberías atarte los cordones". Eso es todo lo que responde el padre. El muchacho se siente contrariado, como si sus palabras hirientes fueran los guijarros que caen por el precipicio y son devorados por lenguas saladas y violentas. Nimias, ridículas, insignificantes. Se agacha para atarse los cordones sin prestar atención al camino ni a su posición. Solo mira al padre, retador, y le lanza una estocada final: "Y ella también le quiere más a él". El muchacho lo dice con una sonrisa burlona, mofándose del padre. El padre no quiere creerlo. De hecho, no lo cree. Pero está furioso. Con un golpe de viento, el hijo, agachado, con las manos temblorosas por el frío, tratando de atarse, pierde momentáneamente el equilibrio. Algunas piedras se deshacen, como la arcilla, bajo sus pies. Titubea, se resbala. Echa las manos al suelo. El padre observa la insólita lentitud del proceso. Observa también a izquierda y derecha. Observa que no hay nadie. Observa que están solos. Observa los pedriscos que caen por el talud y las lenguas voraces que escupen espuma y arrancan ramas con ferocidad y violencia. Observa que su hijo, con las manos sobre la hierba y el barro, se siente de nuevo a salvo y cierra los ojos, respira aliviado. Casi se pueden escuchar sus latidos salvajes a pesar del viento. El padre perpetra entonces un movimiento rápido, leve, casi no necesita fuerza. Un puntapié —contundente, seco— y el cuerpo del muchacho se despeña como un guijarro, sin peso, como flotando. El padre extiende la mano, en un arrepentimiento inexplicable, y después se la lleva al pecho, dolorido, desconsolado. Ahoga un grito mientras contempla, incrédulo, la mirada confusa de su hijo, el baile mortal, las piruetas a cámara lenta, hasta que escucha un impacto brusco y definitivo y el cuerpo de su hijo es devorado por un mar hambriento y delirante.

En la penumbra asfixiante estoy de rodillas, ahogado bajo el peso de las palabras que acabo de pronunciar, como suplicando un perdón imperdonable. Arantza, de pie, lánguida. El tono de su piel se ha vuelto de una palidez casi translúcida. Abatida, me mira sin ira y, en sus ojos, el brillo de una lágrima despunta con un fulgor cegador mientras ésta cae lenta, ingrávida, y se derrama sobre las sombras lóbregas de mi culpabilidad.

El autor y todas las personas que han servido a esta obra nos sentimos muy agradecidos por su lectura y esperamos que haya sido de su agrado.

Contar un secreto

se terminó de escribir en Bilbao, en agosto de 2020.

Si desea ponerse en contacto con la autora:

diana.vesta.escritora@gmail.com

www.ingramcontent.com/pod-product-compliance
Ingram Content Group UK Ltd.
Pitfield, Milton Keynes, MK11 3LW, UK
UKHW022006190726
13853UKWH00004B/1760

9 798759 685050